A NATUREZA INTENSA

A NATUREZA

›

INTENSA NELSON REGO

Porto Alegre
São Paulo
2016

Copyright © 2016 Nelson Rego

Conselho editorial
Gustavo Faraon, Julia Dantas e Rodrigo Rosp

Capa e projeto gráfico
Samir Machado de Machado
(sobre *O jardim das delícias terrenas*, de Hieronymus Bosch)

Revisão
Fernanda Lisbôa e Rodrigo Rosp

Dados Internacionais de Catalogação na Publicação (CIP)

R343n   Rego, Nelson
          A natureza intensa / Nelson Rego. — Porto Alegre : Terceiro Selo, 2016.
          144 p. ; 21 cm.

          ISBN: 978-85-68076-25-5

          1. Literatura Brasileira. 2. Contos Brasileiros. I. Título.

                                             CDD 869.937

Catalogação na fonte: Ginamara de Oliveira Lima (CRB 10/1204)

Todos os direitos desta edição reservados à Editora Dublinense Ltda.

Editorial
Av. Augusto Meyer, 163 sala 605
Auxiliadora • Porto Alegre • RS
contato@dublinense.com.br

Comercial
(11) 4329-2676
(51) 3024-0787
comercial@dublinense.com.br

GAROTA ESPIRALADA
(7)

FARSANTES SINCERAS
(21)

DUAS FACES
(51)

A NATUREZA INTENSA
BROTA POR TODO LADO
(65)

GAROTA ESPIRALADA

No que estou pensando? Em nada. Juro. Não acredita? Impossível em nada pensar? Pois tenho quase certeza de que pensava em nada no segundo que acabou de passar, esqueci, apenas olhava para o branco do teto. O quê? Quer saber? Mesmo? Mas que insistente o senhor é, hein? Já disse, pensava em nada, acho, não lembro. E, se não lembro o que pensava há cinco segundos, é porque não pensava. Não aceita? Mas que invasivo. Está bem, pensava em algo, lembrei agora. Mas vou guardar comigo meus pensamentos. Eu sei, o senhor perguntou só ontem e anteontem, nos primeiros dias não perguntou, agora estamos mais próximos. Mas não conto, está bem?

— Conte, menina linda, e mude de posição, deite de bruços. Tire os tênis e as meias. Dobre e erga as pernas. Vou me sentar mais para cá, isso, assim, cruze um pé sobre o outro, aí, nessa altura, ficou ótimo, o corpo está com movimento bonito. Deixe eu ver, aqui ainda não é o melhor ângulo. Vou sentar mais próximo dos seus pezinhos, quero lhe mirar de escorço. Meia hora, está bem? Avise se cansar. Bom, e então? No que pensava?

O silêncio e o sorriso respondem por mim. Ele não insistirá, sabe que a almofada e a posição favorecem que eu cerre as pálpebras e vá para o planeta distante que ele gostaria de saber onde fica e o que lá acontece. Talvez seja aqui mesmo. O sol diluído em frações pelo vidro granulado e fosco da claraboia, a música, o risc-risc da caneta sobre o papel áspero aninham o sonho quase sem pensamentos. Que música é essa? Eu gosto de jazz, um pouco, o bastante para flutuar no azul que se instaura no escuro dos meus olhos fechados, não o suficiente para identificar compositor e instrumentistas. Artistas de sua geração amam o jazz, acho que para eles isso é pertencer a uma nação sem barreiras alfandegárias. Thelonious Monk, ele diz, como se houvesse escutado meu pensamento. Hummm, Thelonious, eu lhe respondo e volto a dormir.

Hum? Já? Não senti a meia hora. Quase uma? Não, estava tão bom, nem senti a hora passar. Mas que coisa, não, não vou contar o que pensava. Posso ver o escorço?

Puxa, que lindo, que bonitos ficaram os vincos do jeans na parte dobrada.
Amanhã? Mesmo horário? Ele me conduz ao portão. Beija-me a face. Atravesso a rua. Caminho dez passos. Viro-me. Está a me fitar. Aceno. Até amanhã.
Olá, boa tarde. É? Eu também gostei do último de ontem. Concordo, claro, vamos fazer mais escorços.
Sim, adorei escutar Thelonious. Eu? Escolho, mas conheço pouco. Pode ser um do Charlie Parker?
Claro, o senhor manda, fico descalça.
Assim? Mais alto? Não, não está incômodo. Com o apoio da parede é fácil deixar as pernas esticadas para cima. Não se preocupe, aviso se cansar. O senhor pode me alcançar aquela almofada? Ela é mais confortável do que esta que peguei.
Hum? Dormindo, eu? Não, acho que não, apenas fechei os olhos. Esse é outro disco? Não, não percebi o senhor trocar. É, acho que dormi.
De bruços, como ontem? Mais de lado, assim? Sim, está confortável.
No que estou pensando? Ah, mas o senhor já vai começar de novo? Estava tentando lembrar até que dia irá o horário de verão. Ah, é? Não acredita? Mas era nisso, sim, que eu estava pensando, gosto do horário de verão, o céu permanece azul às nove da noite. Antes? Não lembro. Mas que insistente, inquisitivo, que coisa. Não lembro, esqueci, alguns segundos é muito tempo. Está bem, eu conto. Estava fantasiando que havia sido abduzida por extraterrestres. Sério, é verdade. Achou engraçado? Sim, eles eram os ETs

clássicos, caveiras com pele acinzentada por cima. Nunca havia pensado nisso? Concorda que são caveiras com pele?

Eles parecem estranhos e familiares ao mesmo tempo porque lembram cadáveres, os grandes olhos negros são a metamorfose dos buracos oculares vazios. Córneas, retinas e tudo o mais devorado pelos vermes. Sério? Tétrica? Por quê? Só por que sou, como o senhor diz, uma menina linda, não significa que desconheça a morte, acho poético o que a humanidade faz com ela. Sim, isso. Religiões, fantasias, fantasmagorias, crenças no impossível. As cabeças enormes? Bom, podem ser representações do espírito, o cabeção dos caveiras extraterrestres simboliza a sobrevida das ideias. Achou engraçado, é? Ah, desculpe, me distraí com a conversa, era assim que estava a perna? Um pouco mais para cima? Desse jeito? Ah, pensei que não ia perguntar, está bem, eu conto. Eles me abduziram para me levar como oferenda a um cantor chamado Bocão, astro do grande festival intergaláctico de alegrias e artes no planeta Dançaszaaaaasss.

Olá, boa tarde, sim, escorços, vamos continuar. Estou adorando. Hoje pode ser o Thelonious de novo?

Claro, já tiro as sandálias. Hum? Bem, sim, fico um pouco encabulada quando o senhor diz que os meus pés são lindos. Hum? É, pode ser, não tinha pensado nisso, parece que eles representam o corpo inteiro e, bom, é isso, o senhor pede que eles fiquem nus.

Seu amigo? Em instantes?

Inocência. Inocência. Inocência. Que bonito, musical, lisonjeiro, delicioso, os dois velhos modulam a voz, alternam-se, entoam juntos, mais alto, mais baixo, espichado, rápido, improvisam acompanhando o piano de Thelonious, Inocêêência, Inocênciaaaaa, Inocencinocennnnn, eles cantando meu nome, ondulando, eu adormecendo.

— Menina bonita, em pé agora, de perfil, meia hora, pode ser?

O outro quer saber a meu respeito: idade, cores, músicas, irmãos, família, lugares, filmes, cachorros, livros, planos de futuro, no que eu pensava há pouco. Ah, mas o senhor também? Que coisa. Estava a bordo da nave dos caveiras, pronto. O Bocão? Não sei como ele é, ainda estou viajando entre as galáxias, a caminho de Dançaszaaaaasss. Só quando chegar vou saber como é o Bocão. Quer saber como é por dentro a nave dos caveiras?

Olá, boa tarde, que lindas as nuvens, não? Parecem cogumelos gigantes.

Por que um terceiro velho hoje se faz presente, eu não sei. Não pinta, não desenha, não borda, apenas olha o que desenham os outros dois. Bem, é isso o que ele faz, olha. São amigos, ele conversa, fuma, troca ideias sobre como solucionar os congestionamentos do trânsito, dá palpites nos desenhos dos outros, olha a menina bonita e as imagens que se formam nos cavaletes. Escuta James Price Johnson. Esse é mais antigo que o Thelonious, tenho a lembrança vaga de alguma vez ter ouvido o nome.

Sinto-me adorável em meu leve vestido da mesma cor quente da casca do pão. Olhares dos três velhos são diamantes que deslizam devagar desde o halo angélico que deve pairar acima de minha cabeça até a graça dos meus pés, lá embaixo, sobre o pequeno tapete que tiveram a gentileza de providenciar para que eu não sentisse a laje fria do estúdio, como se fosse possível que estivesse fria neste dia de calor, que, aliás, nem tão quente e até aprazível está. Oh, desculpem, eu me distraí com a música, meu rosto estava voltado mais para a esquerda, para cá, assim? Não, ainda não chegamos a Dançaszaaaaasss. Os caveiras estão me ensinando a jogar uma mistura de bilhar com xadrez num tabuleiro oval, quadriculado em branco, preto e vermelho, em três patamares e com buraquinhos que se abrem de repente. O jogo é difícil de aprender, não me distraiam com perguntas, está bem?

Olá, boa tarde. Vim como ele pediu no tchau-até--amanhã de ontem, calça jeans e camiseta branca, acho que gosta de me ver com jeito bem de garota. Que coisa, meu coração acelera enquanto desato os tênis, talvez esteja ruborizada, desnudar os pés está quase igual a revelar tudo para os cinco velhos, cinco velhos loucos que não disfarçam acompanhar cada movimento. Capto a emoção que lhes alterou as vozes agora que acabo de trazer à luz os cinco dedinhos do pé esquerdo, e o assunto da conversa é apenas o preço do cigarro que voltou a subir, nada mais. Pronto, aqui estou de pé, senhores: rosto, camiseta, jeans, pés. Querem-me de costas? Assim? Sim, certo, um pouco mais de lado. Querem a silhueta, jogo todo o fluxo castanho dos cabelos para um só lado da camiseta branca, miro o pérola da parede e vou para Dançaszaaaaasss.

Ah, mas que coisa impertinente, já vão começar com isso? Não conto. Não, ainda não cheguei a Dançaszaaaaasss, tá bem? Quem está tocando? Não é o Thelonious, é? Tatum? Art? Não, nunca tinha ouvido falar. Gosto, gosto, mas conheço pouco, estou aprendendo nesses dias. Ele é contemporâneo do Thelonious?

Mais para cá? Assim? Ai, mas que coisa chata, não, não vou contar, estava ouvindo o Art Tatum, não estava pensando, esse piano parece o sol brincando de arco-íris nos borrifos do chafariz, gostaram da comparação? Mas que chatos, tá bom, eu estava na companhia de Sabr-Sber, meu mentor entre os caveiras, ele me ensinava a respirar. Isso que o Tatum está tocando não é Dvorak? É? Achei que fosse, bacana, Dvorak em piano jazz. Pode falar sobre o Tatum? Ele fez mais dessas misturas? Ah, é? Mas por que a surpresa? Certo, eu sou jovem, e daí? Jovem não pode conhecer Dvorak? Por que não? Sim, gosto de rock, mas que chatos os senhores são, só porque sou garota acham que apenas posso gostar de rock. Sabem quem eu mais adoro? Johann Sebastian Bach, fico horas deitada ouvindo. Hum? É, no meu quarto, deitada, olho as nuvens e escuto Bach. Ah, mas que coisa, quando vocês querem saber, querem mesmo, não é? Não, eu não penso em nada quando passo essas horas todas ouvindo Bach, em nada, nadinha, juro, é verdade, sou capaz de permanecer horas, até dias, sem pensar em nada. Só tem vento na minha cabeça, é fácil ficar sem pensar, o vento sopra tudo para fora. Aliás, era o que Sabr-Sber me ensinava, permanecer mais profundamente sem pensar, quando os senhores interromperam a lição. Com licença, vou voltar para a nave, está bem?

Já faço a trança, sim, trouxe a fita, está aqui no bolso. Pronto, assim? É? Estou bonita? Obrigada. Claro, posso tirar, sim. Hum? Está bem, isso eu conto, fico um pouco encabulada, sim, mas: sem problemas.

Como deve estar linda a visão de minhas costas desnudas para os oito velhos. Depois verei como eles estão a me ver, no cavalete do pintor e nos cadernos dos três que desenham. Os outros têm a desfaçatez, não digo de ser plateia, mas de conversar sobre futebol em vez de conservar silêncio reverente para o sax do John Coltrane. Pensando bem, acho que melhor reverência para Coltrane é a entusiasmada conversa dos velhos, não sei como podem se entender se falam os oito ao mesmo tempo nem como misturaram o jogo do último domingo com a biografia do Américo Vespúcio, não sei mesmo como fizeram isso, perdi algo da conversa enquanto observava minha sombra na parede pérola. Velhos malucos, acho que se tornarão bons amigos dos caveiras se eu convidá-los à nave. Imagino como deve estar se formando lindo meu dorso no cavalete e nos cadernos, fiz bem em escolher a fita azul, ela combina com a macia alvura de minha pele e o escuro castanho da trança sinuosa sobre a omoplata direita, como é solar o perfume natural que se desprende da gotinha de suor. Sinto umas eletricidades deliciosas subindo e descendo, prazer, prazer de lhes estar dando o presente da visão.

Hum? Sim, estava indo para Dançaszaaaaasss, perceberam que eu estava longe, é? De frente, agora? Meia hora, claro, assim?

Vejo minha face frontal aparecer aos poucos no cavalete do pintor e, que bom, o desenhista primeiro desses dias todos troca o caderno por outro cavalete. Um prefere descer em cores da cabeça aos pés, outro sobe em linhas fortes de nanquim, ele enxergará o halo pairando sobre minha cabeça? Mas que lindo, meu amor de umbigo no centro das curvas que delineiam o abdômen, seios velados pelos braços que cruzo em algo parecido com W, um pouco da auréola do mamilo esquerdo escapou por baixo do braço e surge aos poucos no cavalete do pintor, que adorável seu cuidado ao misturar as cores para encontrar o quase exato castanho da trança que mergulhei entre os braços. Oh, sim, cores, linhas, como está elegante a cor da calça jeans intercalando a delicadeza rosada dos pés e do tronco, quantos traços curvos.

— Menina bonita, mais uma pose, a última de hoje, pode ser? Deixe um braço caído e passe o outro sobre ele, abaixo da linha dos seios, deixe-os à vista. Ah, ficou lindo, não é, pessoal? Deixe eu ver, acho que, sim, isso, mais próxima, um ou dois passos para cá, aí, bem aí.

Oi, prazer, que bom o senhor se juntar ao grupo, conheço suas xilogravuras. Que legal, nunca fui cinzelada na madeira. Olá, boa tarde, olá, oi, como estão? Sim, descansada, dormi até as dez. Obrigada, escolho. Pode ser o Charlie Parker de novo? Adoro. Aquele disco que tem *Star eyes*, esqueci o nome.

Sabr-Sber, me ajude, preciso aprender bem rápido a me desligar da insinuante dor que nasceu nas omoplatas e sobe pelos braços e ameaça obrigar-me a pedir licença e desfazer a imagem bela. Oh, desculpem-me, senhores, preciso de uma pausa, depois refaço a pose, está bem? Sim, sem apoio, os dois braços levantados, cansa. Mesmo que uma mão segure a outra, cansa. Não sou atleta. O senhor acha? Obrigada. Bom, talvez o senhor tenha razão e eu seja um pouquinho.

— Caminhe, movimente as pernas. É bom para prevenir contra as cãibras. Venha aqui, olhe os desenhos.

Anjo da guarda, como cabem tantas encruzilhadas nos breves passos que me conduzirão a estar não mais diante dos cadernos e cavaletes, mas no centro e cercada por eles? Devo vestir a camiseta para a rápida estadia no meio dos homens e da proximidade do roçar de seus braços? Seria de um pudor falso que ofenderia a confiança aninhada na alegria desses dias? Sutil, movediça e invisível linha divisória, será deselegante falta de recato deslocar-me seminua uns poucos passos adiante?

— Olhe aqui, menina linda, repare no tom mais claro que consegui em seu sovaco.

— Não dê atenção para esse velho, olhe a minha aquarela, está vendo como o umbigo parece uma estrelinha escura na brancura do ventre?

— Não se deixe enganar por esses aí, venha, olhe de perto como o seu corpo é um jato de luz que se alonga a partir do azul desbotado da calça.

— Inocência, venha cá, venha se admirar na obra em processo de um verdadeiro artista.

Como se torna macio de carinho o toque áspero da mão forte do gravurista na pele nua das costas rosadas, alvas, da bonita menina, aquarela, lápis, cinzel, nanquim, velhos adoráveis, voltarei agora sobre os meus passos, para lá, ali, erguerei os braços, a mão direita misturará seus dedos esguios com os dedos suaves da esquerda, o corpo descansará seu leve peso mais sobre uma perna, e a outra fará o joelho dobrar numa curva pequena, e o pé se retesará e se apoiará apenas em valente metade. Encostarei a cabeça num repouso gracioso junto ao braço, através das pálpebras sonolentas fixarei de novo o céu do teto, acompanharei o riso de Sabr-Sber, que atendeu ao contrário meu pedido de escapar à dor deliciosa do corpo teso a querer impulsionar-se até a nave intergaláctica. Charlie Parker, quente azul-crepúsculo, veludo invisível desliza em espirais sobre a pele. E essa alegria dançarina na conversa dos velhos deve ser porque os bicos de meus seios estão ainda mais empinados e duros.

— Que linda essa palavra pensada por você, auréola. As palavras e as coisas, belas, as auréolas dos seus seios.

Eu falei em voz alta? Eu estava pensando, pensando, quase dormia, sonhava, não imaginei que estava a falar em voz alta meus pensamentos.

— A sua voz eles não ouviram, menina bonita, eu é que tenho o dom de escutar o silencioso riacho dos pensamentos.

Sabr-Sber, que susto, eu não o tinha visto, por um instante pensei que era o artista humano quem conversava comigo. Eu dormi e atravessei de verdade para cá, é isso? Essa luz através dos vidros não é o pôr do sol filtrado pela claraboia do estúdio, mas a névoa brilhante na capela ecumênica no coração da nave dos caveiras? Conte-me, vocês são deístas sem qualquer religião, suas pontes para o divino são as palavras e as coisas de cada momento? Eu adormeci em pé e atravessei para cá?

— Menina bonita, encerramos por hoje, venha, coloque a camiseta e venha se admirar nas obras do dia.

Thelonious Monk, Monk, Monk, Monk, adoro essa passagem de teclados graves, graves, graves, eu peço, peço, e os velhos colocam de novo, de novo, de, de, de novo o mesmo disco que eu peço de novo do Thelonious Monk, Monk, Monk, Monk, eu não sabia que eu ia amá-lo deste jeito, jeito, Thelonious Monk, Monk, Monk, Monk, eu não imaginava, sabia, nem imaginava que ia amá-lo assim, deste jeito, eu não sabia, Theeelonious, Thelooonious, Theloniooouuusss, Monk, Monk, Monk, Monk.

— Ei, garotinha linda, agora vamos fazer diferente, venha aqui, para o centro. Pessoal, vamos nos arrumar em círculo. Isso, bem aí, menina bonita. Solte os cabelos e puxe todos para um só lado, deixe as costas a descoberto. E agora, vamos ver, isso, muito bom, esse giro que você deu ficou ótimo. A posição está uma lindeza. Agora, vamos ver, acho que, talvez, já sei, tire a calça, está bem? Fique nua por inteiro. Vergonha? A gente nem vai olhar, não é, pessoal? Isso, assim, um passo mais, aí. Refaz a posição do giro?

O clube dos velhos é aconchegante como a textura do cachecol que aninha o pescoço através da noite de inverno. Minha metáfora é inexata, estamos no verão, quando até horário tardio o céu é ainda azul. Mas, quanto ao principal, está certa minha figura, o clube dos velhos é acolhedor como a xícara fervente de chocolate que suaviza o uivo ventoso que avança do gelo polar até aqui nas noites mais escuras. Eles, hoje, escolheram Larry Young porque gosto de Bach. "Um organista negro do jazz para se fundir com seu clássico germânico favorito", o sorriso que acompanha a explicação é tão querido quanto o jeito como ele alcança o copo de água para me refrescar. Brilha no cristal do copo, multiplicado em frações bailarinas, o sol que os vitrais da claraboia tratam de verter em fluxos transversos, ondulantes, o estúdio é aquário de luz. O rótulo clássico é impreciso, eu lhe respondo, um rótulo bobo, complemento, no mesmo instante em que me assalta a percepção de que pouco gentil foi meu comentário, ainda bem que eles acham uma delícia qualquer coisa que eu diga, adoram minha voz, dizem. Compositor romântico, na perspectiva dos italianos que lhe foram contemporâneos. Barroco, para o juízo e o ouvido alemães, explico. Concordo com os alemães. Mas isso pouco importa, não é mesmo? Bach é Bach, o resto é o halo em volta do mistério. Eles aprovam e não consigo deixar de pensar que o entusiasmo em suas vozes é menos devido à minha inteligência e mais à bem modelada e rija bundinha que ofereço desnuda para suas observações, mas talvez eu me engane.

— Estranho, garota, eu apostaria que a sua música preferida é o rock.

Ai, mas que coisa chata, sim, adoro rock, tá? Mas acima de qualquer coisa feita com notas musicais está o Johann Sebastian, concedem que eu sinta, pense e diga assim? São ternos esses trinta e um velhos bebedores de vinho e devotos do perfumado pão das dezoito horas, um tanto invasivos, respeitosos à semelhança de crianças diante do gênio da lâmpada que inventaram durante o brinquedo de tocar e tocar Larry Young para que a menina linda una o negro organista do jazz ao ídolo germânico e adore a ambos e, sim, os dois são belos, e belos são os bateristas e trompetistas no prisma que desce da claraboia.

Ah, mas que coisa chata, não, não vou contar, não estava pensando em nada. Fico horas sem pensar em nada.

FARSANTES SINCERAS

O temor diz que vou me perder sem volta neste labirinto de ruelas. Adoro fantasiar o medo. Adoro o perfume da maresia que brota dos canais e as nuvens de tempestade que transformaram tarde em noite e esvaziaram São Marcos. São Marcos ou Castelo? Atravessei tantas pontes que já não sei. Pronto, eis que desaba o céu. Agora não faz diferença se ficar uma hora a mais perdida no labirinto. Estou tão molhada quanto a laguna. É bom, estava pegajosa de suor. Poderia entrar naquele café e perguntar o caminho para a praça. A experiência do início da tarde não foi boa, o italiano da casa de suvenires não entendeu meu português nem o francês, eu não entendi seu inglês. Era mesmo inglês aquilo? Ele não entendeu meu pedido para que falasse devagar em italiano. E se no café encontrar uma solícita família de turistas japoneses e eles quiserem me explicar como chego à praça? É gostoso andar perdida por essas ruelas, esmagada pela tempestade. O tipo mal-encarado, ali sob o toldo, sei que já passei por ele. Mas não me lembro do toldo. Foi em outra esquina. Ele está me seguindo? Magda deve estar preocupada com minha demora. Essa ruazinha, já passei pelo seu estreito corredor de janelas fechadas e paredes de tinta descascada. É bonita a noite iluminada por ocasionais vitrines.

Magda Schelling, aqui estou, molhada até por baixo da pele, está vendo? Sim, eu me perdi. Sei, não devia ter me aventurado sozinha pelo labirinto logo no primeiro dia em que acordei nesta cidade estranha. Por que não esperei por você? Estava demorando aquela conversa sua com o marchand e a pontezinha estava logo ali, e depois da ponte havia uma travessa convidativa, com uma curva graciosa. Sou impulsiva, reconheço. Fui. E agora? Vamos? Num instante, tomo banho e me arrumo. Estou curiosa para conhecer o restaurante no terraço e o passeio noturno de gôndola. É verdade, a tempestade de verão se dissipa rápido. Olhe a lua refletida na laguna.

Gentil e perspicaz, o gondoleiro. Bastou um minuto para perceber que preferimos o silêncio e que Magda conhece os canais e o dispensa da função de guia. É suficiente que seja o viril executor dos movimentos que fazem a gôndola avançar e que se mantenha sossegado, enquanto Magda, entre afagos e beijinhos, cochicha em meu ouvido, apresentando-me Veneza.

Ela deixou a passagem pelo Grande Canal para a volta. Ali, aquele prédio de cor marfim e três andares, arquitetura gótica misturada com moura, é o palácio de Jewel Lane Marin. O vulto na única janela que espalha um clarão para fora, no último andar, deve ser o caseiro. Jewel chegará nos próximos dias. Fico contente que Magda tenha escolhido hospedar-se no hotel Danieli, a casa da família Marin tem ar de mansão mal-assombrada.

As músicas e os risos vêm dos restaurantes nas margens, iluminados por austeros lampiões delicados. A lua cheia faz a água brilhar, a cidade está tão linda que parece uma pequena morte a desfalecer os sentidos. O beijo de Magda é profundo, demorado, quente. Sonolência prazerosa me invade, Magda fará o que quiser comigo no quarto.

A noite de amor foi uma língua de veludo deslizando pelo corpo, a consciência mudando-se da vigília para os sonhos sem perceber o momento da passagem. A visão da ilha de São Jorge Maior, banhada pelo sol da manhã, é linda. E eu continuo imaginando fantasmas. O marchand reapareceu, levou Magda a um passeio. Uma parte do jogo eu deduzo: ele manterá Magda distante de mim quando Jewel Lane chegar.

Vou passear em São Jorge Maior. Ao meio-dia volto, almoço um prato leve na praça, tomo um cálice de Bardolino. Nas horas mais calorentas da tarde, vou descobrir tesouros na Biblioteca Marciana. Ao entardecer, nova excursão pelo labirinto.

Magda haverá de querer minha companhia na janta. Depois, meu amor. Eu me entregarei derretida, quase desfalecida, com arrepios da pele por onde o seu beijo passar. Sussurrarei em resposta à sua voz baixa e lhe darei o meu olhar apaixonado, do jeito que ela gosta. Eu a observarei através das frestas de minhas pálpebras.

Outra manhã de sol e aí está, de novo, o irremovível marchand Bosco Saudati, ao pé de nossa mesa de café, no restaurante a céu aberto do Danieli. Levará Magda a mais um dia de passeios pelos arredores, como se Magda não conhecesse muito bem os arredores. Convida-me por gentileza. Declino, sei que os dois querem privacidade. Agradeço-lhe com o meu sorriso cativante. Então será assim a cadeia alimentar nos próximos dias. Durante as tardes, o charmoso grisalho de olhos cinzentos irá comer a artista e, nas noites, a artista me comerá. Em francês primoroso, Bosco me dá as dicas para bons roteiros. Sim, obrigada, irei conhecer todos esses lugares, em vaporettos e caminhando. Ah, serão lindos os próximos dias.

Ah, que lindos foram os últimos dias. E eis que Magda demora a vir do quarto para o café da manhã com vista para São Jorge Maior e, quando aparece, anuncia: Jewel Lane telefonou, está em Veneza.

Magda prometeu que retornaria de seu passeio com Bosco ao anoitecer. É claro que não voltou. Hoje, é óbvio, ela não voltou. O barqueiro de Jewel Lane veio nos buscar na hora marcada. Fui, sozinha. Lógico, claro, evidente: o barqueiro tem ar sombrio. Pior é o caseiro, que presumo ter sido o vulto que avistei na janela noites atrás. Sua voz vem das profundezas insondáveis, quase tão sinistra quanto o rangido da grande e dupla porta interna, após o saguão, que ele acaba de abrir. Reconheço as cenas do *Inferno* de Dante nos baixos-relevos da madeira maciça. O vislumbre do ambiente indica especial luxo, não tenho certeza, a penumbra dificulta a visão. Se não me engano, conheço esta escadaria, que leva ao último andar, dos cenários de algum filme adaptado da obra de Bram Stoker. Chego ao cume. Surpreendente, não é um italiano renascentista que reveste a parede com altura de quatro ou cinco metros, é um gobelin. Fico a observar o jardim tecido, enquanto o hercúleo e pouco bonito caseiro pede licença para se retirar.

Sinto nova e silenciosa presença atrás de mim. Prazer em conhecê-la, Jewel Lane Marin, nunca estive na presença de uma bruxa, confirmo que vocês são exatamente como pensei. Há uma majestade de Béla Lugosi em sua pele tão pálida, longos cabelos negros, nessas íris de escuridão hipnótica. Apenas o olho esquerdo é estrábico, que lindeza. Sua voz grave me dá medo e fascínio. E agora? Jewel não fala francês nem português. Eu não falo as alternativas oferecidas por ela, inglês, italiano, alemão. Tentamos nos entender em espanhol, porém logo percebemos que será mais inteligível se ela falar italiano, devagar, e eu, francês. Jewel convida-me, com um gesto elegante, a sentar-me no sofá de veludo vermelho. Preocupa-me ela sentar demasiado próxima de mim, com o braço repousado sobre o espaldar, por trás de meus ombros. Ela é alta, meus olhos estão abaixo da linha de seus lábios. Observo de perto seus brancos caninos. Promete ser boa a conversa. Primeiro, Jewel pergunta se estou gostando de Veneza. Depois, se sou puta. Pergunto-lhe se ela quer dizer puta profissional. Ela esclarece que sim. Informo-lhe que não. Poucos minutos após, estamos conversando sobre Vivaldi e contemporâneos. Digo-lhe que gosto de Alexandre Marcello, em especial do concerto em ré menor para oboé. Ela se encanta, acaricia-me os cabelos. Convida-me para uma noite na ópera, amanhã, no La Fênice. Percebe em meu rosto que não gosto de ópera. Insiste, acha que vou gostar. Está bem, Jewel, será encantador. O monstro de Frankenstein retorna à cena empurrando um carrinho com bule e xícaras de prata. Nunca aspirei chá tão aromático, é delicioso ao ponto de causar euforia. A conversa desliza: Ticiano, Veronese, as mudanças de humor do Adriático. Jewel pergunta se quero passar a noite conversando e ouvindo música. Respondo-lhe que estou cansada, caminhei bastante à tarde, prefiro retornar ao hotel. Jewel dá ordens para que o barqueiro seja chamado. Desce comigo os três andares, seu braço está em torno de minha cintura. Permanecemos conversando à beira do Grande Canal, estamos de volta a Vivaldi e Marcello, escuto o motor do barco. O barqueiro mostra-se amável, nem parece o mesmo. Jewel se despede dando-me um beijo na sobrancelha. Magda está deitada, pergunta-me como foi a noite. Foi bonita, eu lhe respondo, enquanto deixo a roupa cair no tapete e me enfio nua embaixo do lençol, ao seu lado. Mas hoje não haverá amorzinho.

Bosco Saudati ainda não apareceu nesta manhã. Depois do café, pergunto a Magda se ela quer me acompanhar num passeio a Murano. Pretendo retornar cedo, a tempo de arrumar-me para a ópera com Jewel. Em resposta, Magda diz para eu subir ao quarto e esperar por ela, enquanto termina seu café. Percebo que alguma novidade vai se apresentar. Retorno ao quarto. Magda não demora. Envolve-me, lambe-me o rosto, cochicha em meu ouvido: "Tire a roupa, deite de bundinha para cima". Obedeço. Ela acomoda o seu corpo sobre o meu e começa a chupar minha nuca. São longas as carícias. Faz tempo que ordenou para eu me virar de frente. Espio o relógio da cabeceira, falta pouco para o meio-dia. Ela beija devagar o meu sexo, acho que vou desfalecer. Alinha seu corpo com o meu e me aconchega junto a si. Um beijo no meu nariz e permanecemos em silêncio. Vou adormecer. Não, ela sussurra de novo. "Daqui a pouco vou para Milão com Bosco. Vamos ficar por lá nos próximos dias.

Jewel Lane estará com você. Voltaremos a nos encontrar em Treviso". Ganho um beijo nos lábios e outro na testa. Permaneço deitada em silêncio, Magda arruma as malas. O camareiro vem apanhá-las na sala e, gentil, finge que não me viu nua, quando espiou pela porta entreaberta do quarto. Magda me lança um beijo da sala, devolvo-lhe o gesto. Despedimo-nos sem palavras. Continuo deitada. Decido tirar uma soneca, almoçar tarde e passar as horas calorentas na biblioteca. Reencontrarei Magda e Bosco Saudati em Treviso. Presumo que será Jewel quem me levará até lá. Tenho apenas uma ideia vaga das outras pessoas que estarão presentes na reunião em Treviso. Não sei se aceitarei a trama, talvez retorne mais cedo ao Brasil.

Acho que decepcionei Jewel Lane por não ser uma profissional do sexo. Qual é o seu preço? Ela deve estar acostumada a perguntas e relações objetivas em todas as esferas de sua vida.

Será divertido observá-la praticando a arte da galanteria para tentar me seduzir. Penso nisso secando os cabelos, em frente ao espelho. Meu Deus, como estou linda. É por isso que homens e mulheres caem fulminados aos meus belos pés.

Ligam da portaria, um entregador está subindo com flores. São flores do campo com as pétalas rajadas por matizes de amarelo. Estão num vaso também amarelo e que parece um tecido bordado com filigranas feitas de outros amarelos. Do envelope, de um amarelo forte, retiro o bilhete.

I fiori e il vaso formano um'immagine solare che somiglia ai tuoi capelli, dell'alegria della tua aura e del scintillio dei tuoi occhi.
Ti sto aspettando in motoscafo, nel canale a lato del Danieli.
Con amoré.
Jewel

Aceito o breve beijo que ela me dá nos lábios. Jewel pergunta se troco a noite na ópera por quatro músicos, três violinos e um violoncelo, tocando Béla Bartók no terraço de sua casa, precedidos por um jantar à luz de velas num precioso pequeno restaurante em Rialto. Estou encantada, Jewel.

É curioso: o barqueiro, o mesmo de ontem, não tira os olhos de nós. Nem se preocupa em disfarçar que nos observa e torce pelo sucesso de sua patroa no assédio sobre mim. Jewel fala sobre românticos hábitos venezianos e parece crer que o meu ouvido está no pescoço, pois é ali que concentra seu olhar e o suave calor de seu hálito.

Nunca me deliciei com espaguete como este do restaurante escondido na travessa em Rialto. O Amarone de rubi e sabor intensos ajuda a instalar a brandura em meu espírito. Jewel está sentada bem juntinho, acaricia meus cabelos, voltou a me dar um beijo breve e agora quer saber de meu namorado, se estou com saudade. Sim, saudade, faz mais de uma semana que estou longe dele, respondo, sem deixar de pensar que, hoje, Jewel demonstra estar bem informada a meu respeito, diferente de ontem, quando fez aquela pergunta. Eu poderia lhe interrogar sobre essa incongruência, mas é óbvio que ela está consciente da contradição e sabe que eu percebi. É proposital, ontem foi teatro, hoje também é. Diverte-se comigo. Estou amolecida, mas ainda atenta. Bom, então ela quer saber de mim e de meu amor. Eu o adoro com o sentimento que vem do fundo sem chão de minha alma. O amor é um céu lilás onde o sol toma a forma de lótus de luz a irradiar pétalas que tornam vivência o mistério da fusão das almas no oceano infinito de Deus.

 Jewel olha-me intrigada, está escrito em seu semblante que procura decifrar se sou mesmo mística ou se representei. Ou está fingindo perplexidade? Se Magda lhe passou informações extensas a meu respeito, Jewel sabe que falei sério. Eu me pergunto até onde meu universo, sem trocas mediadas pelo dinheiro, é enigmático para ela mais do que a cidade da lua refletida no labirinto de desconhecidos canais está sendo para mim. Dinheiro, ainda bem que Magda deixou seu cartão de crédito comigo. Sem ele, eu não poderia pagar o luxuoso Danieli nem teria patrocínio para os meus airosos dias em Veneza. A nova pergunta que me faço é se, na verdade, não terá sido Jewel Lane quem pagou a viagem. Sua mão repousa em minha coxa, não me parece que sejamos íntimas ao ponto de seus lábios quase roçarem os meus enquanto sussurra interrogações sobre minha vida. Quer saber de meu espírito. Indago sobre o seu espírito. Como foi o seu breve romance com Magda, no tempo em que moraram em Londres? A resposta é evasiva. Quer saber de mim, não quer mudar de assunto, Jewel Lane é dominadora. Eu me pergunto por que ela desejou me conhecer e quer minha presença na reunião de negócios que promoverá em sua vila campestre em Treviso. Quem serão os outros participantes? Banqueiros? Serão todos homens e mulheres acima de cinquenta anos? Jewel Lane quer se exibir com uma jovem acompanhante? Isso ela poderia conseguir por meios mais fáceis, sem despender o tempo que está gastando comigo. O novo cálice de vinho que me serve acentuará o prazeroso assalto da sonolência. Intuo que ela pensa em mim à semelhança de um jogo. O prêmio será oferecer-me em sacrifício a Moloch num estranho ritual, na reunião em Treviso. Não sei se o medo é maior do que o desejo de viver o estranho.

O café forte ajuda a despertar. Matteo, o barqueiro, sorri ao nosso embarque. Jewel me conduz num enlace na subida pela escadaria. Alegre grupo nos recebe no jardim do terraço: duas moças que não sei quem são, devem trabalhar na casa, os quatro músicos e o monstro de Frankenstein. Matteo nos acompanhou na subida. Sentamo-nos, eu, Jewel, Matteo, as duas moças e o monstro, diante dos músicos, que afinam os violinos e o celo embaixo do céu estrelado. Flagro-me surpresa comigo mesma, surpresa por estar um pouco decepcionada com esse encontro com jeito de reunião de família, pensei que seria diferente. É agradável observar o jeito risonho e nem um pouco patronal da conversa de Jewel com seus empregados. Mas pensei que seria diferente.

Ah, esses músicos de câmara são maravilhosos. Eles tocam as seis peças de Bartók com virtuosismo e direito a repetição do terceiro quarteto, atendendo ao meu pedido, que foi em resposta à gentil pergunta sobre qual das peças é a minha favorita. Aplausos da plateia para os músicos. As duas moças se retiram e voltam com licores e doces. A conversa é alegre confusão de idiomas. Apenas Matteo, uma das moças e dois dos músicos são italianos. Descubro que a criatura de Frankenstein veio, é claro, da Alemanha, chama-se Gerhard, conversa em francês galante e dava aulas de filosofia antes de se deixar aliciar pela proposta de trabalho oferecida por Jewel. O perfume dos jasmins e a tênue promessa no horizonte do primeiro fiapo de aurora formam um manto mágico sobre o terraço. As pessoas se despedem, menos Armand, do violoncelo.

Ele irá tocar uma composição de sua autoria, somente para mim e Jewel. Ela me puxa pela mão e me senta em seu colo, os braços contornam minha cintura e me beija, devagar, o pescoço, enquanto Armand afina as cordas.

O músico sabe o que compõe. Sua melodia lenta, baixa e grave é um rodopio fúnebre e, ainda assim, sensual. Jewel sabe o que faz. A noite nos acolheu com horas dedicadas à leve alma da reunião em família e agora a vampira imprime mais paixão ao beijo em meu pescoço, acalentadas, nós duas, pelo violoncelo do nosferatu macho. O braço esquerdo de Jewel contorna com mais força minha cintura. A mão direita faz uma concha sobre meu seio e depois sobe ao rosto, para juntá-lo ao seu e a minha boca à sua boca. O beijo é denso como o vinho encorpado que me preparou para isso. Mas eu não quero me entregar. Não ainda. Não na frente de Armand. Porém, beijo.

Jewel deve ler pensamentos ou possui a sensibilidade que lhe propicia compreender emoções durante as sutilezas de um beijo. Ela diminui a intensidade. É só um roçar de lábios. Separa o rosto. Fala baixinho em meu ouvido que chamará Matteo para me levar de volta ao Danieli. Armand se despede com sorriso de quem se insinua para participar da festa. Aqui estamos de novo à beira do Grande Canal, à espera do barqueiro. Jewel aproveita para me beijar mais um pouco. Matteo me conduz em silêncio. Ele sorri e me olha com jeito triunfante. Parece dizer: "Você está nas mãos de Jewel, meu bem".

Adormeci com o sol nascido, queria despertar ao meio-dia, mas o telefone me chama às onze. É Jewel, convida-me para passar a tarde na Biblioteca Marciana, será minha guia, sabe que estou interessada em descobrir tesouros.

Entendo sua estratégia. Quer demonstrar que sabe ter paciência. Nos últimos três dias, atendeu às minhas vontades e não tentou repetir o assalto final ensaiado na noite do terraço. Deseja me seduzir. Leu-me incunábulos em latim, fascinou-se, junto comigo, com a beleza das letras góticas, revelou-me surpreendentes interpretações sobre preceitos do *Deuteronômio*. Não respondeu à minha pergunta sobre ela ser ou não a autora das interpretações. Fiquei com a impressão de que desejou me instigar à hipótese de uma fonte oculta. Contou-me a história da Marciana. Ontem foi o dia dedicado à excursão pelas muitas artes espalhadas pelas ilhas. As noites foram reservadas para pequenos restaurantes inesquecíveis, onde ela abdicou de me induzir ao cálice excedente. Hoje, na descida da Torre do Relógio, o céu desabou de novo sobre São Marcos. Que uma moleca igual a mim, de camiseta, jeans e tênis, delicie-se com o banho de tempestade, nada a estranhar. Mas que a elegante dama, com vestes tecidas por Givenchy, alegre-se à semelhança da moleca, isso me cativou. Empenha-se em provar que, na implacável financista, não adormeceram por inteiro a intelectual e a artista, nem a criança.

Eu me interrogo, por quê? Há poucos dias sequer me conhecia. Por que me trouxe? Por que traçou o plano de me conquistar? Ela poderia contratar as mais caras e requintadas acompanhantes para levar à reunião em Treviso e, lá, realizar com a escolhida aquilo que tem em mente, seja o que isso for. O medo me atrai. A velha frase diz que a curiosidade matará a gatinha.

O telefone me acorda. Perguntam se o entregador pode subir. Ele traz um pacote envolto em florido papel de presente. Agradeço. Levo o presente para o quarto, quero abri-lo sobre a cama. É um vestido negro de contato suave e tecido tão diáfano que se torna transparente à contraluz da persiana. Seu decote em V é largo e profundo. O cavado nas costas desce perigosamente até o limite que o bom senso aceita, talvez até mesmo um pouco

além. Nunca vesti algo assim, vou me sentir nua. Encontro uma caixinha e um bilhete no embrulho.
Ceniamo alle 19:00, sul terrazzo del Danieli?
Con amoré.
Jewel
Agora, a caixinha. É uma gargantilha negra com três delicados e luminosos diamantes.

Vou passar a tarde sem longos passeios, quero estar inteira para a noite. Comprarei uma calcinha negra rendada. E sandálias negras. Elas devem ter salto baixo ou nenhum, não sei me equilibrar em saltos altos. Gostaria que Inocência estivesse aqui para me ajudar a escolher. Estranho, na noite do quarteto de cordas, Jewel ter perguntado apenas pelo meu namorado. Por que ela não perguntou também pela minha namorada? Acho que Jewel gosta de partir a vida pela metade.

São dezenove horas e trinta, Jewel está demasiado tempo à minha espera no terraço. Está difícil sair da frente do espelho. Dá vontade de beijar a imagem. O escasso pano do vestido negro desenha meu corpo, os três diamantes formam uma constelação com o brilho dos meus olhos castanhos. Solares, como escreveu Jewel no bilhete do outro dia. O decote revela os seios, é generoso demais esse V largo como uma enseada e profundo como um abismo. Puxo o tecido para que os mamilos não fiquem quase a descoberto, mas não tem jeito, o tecido é pouco e a arquitetura da veste foi concebida para isso mesmo. Sinto um arrepio ao sair do apartamento e enfrentar os corredores e as escadarias do Danieli. Os sorrisos de homens e mulheres, velhos e crianças, confirmam que não é infundada a prazerosa vergonha que acelera o coração.

Jewel levanta-se à minha chegada. Beija-me a face e puxa a cadeira para que eu me acomode. Escolheu muito bem a camisa de seda branca e o paletó e a calça com discretas listas verticais de um negro que alterna o tom mais escuro com o menos. O cabelo preso numa trança e os finos sapatos igualmente negros, italianos e masculinos, são os arremates do aprumo. Suas íris são dois poços escuros iluminados pela lua, e o olho esquerdo estrábico está ainda mais belo nesta noite.

Ela diz que me acompanhará em meus hábitos vegetarianos. Sugiro risoto de cogumelos. Pede que eu escolha o vinho. Solicito um Bardolino, acompanha bem os cogumelos. É leve, não me deixa logo amolecida, isso eu não preciso esclarecer para ela.

Estou deslumbrante e seminua. Jewel, numa elegância viril e sóbria. Estamos flertando. Deve ser por isso que os membros da numerosa família na mesa próxima trocaram a degustação de seus pratos pela observação atenta de nós duas. Acho que seu idioma é russo.

Jewel segura minha mão, pergunta se gostei do vestido. É lindo, Jewel. Acho que a bainha cobrir os joelhos foi uma ótima decisão de quem o desenhou. A estética ficaria prejudicada se ele fosse mais comprido ou curto. Nunca havia usado um decote tão acentuado nem um vestido transparente assim. Mas adorei. Bom, e muito obrigada por estes diamantes. Eles são... Ela aproxima seu rosto do meu e sussurra que o vestido só é lindo porque me vela e desvela ao mesmo tempo. Acaricia meus cabelos e me roça os lábios com os seus. Posso escutar o profundo silêncio das respirações contidas na mesa próxima, enquanto Jewel desliza os dedos em meu seio e deixa a descoberto o mamilo. Ah, olha, aí vem o garçom com a entrada. Aproveito para ajeitar o tecido de volta à posição que o recato manda e lançar um olhar à magnificência dos contornos da laguna iluminados pela sereníssima cidade. Será ótimo conversar sobre a paisagem e assuntos correlatos e inocentes.

Pergunto a Jewel se conheceu Veneza ainda criança, sei que sua infância foi toda nos Estados Unidos, Magda me contou. Em Chicago, não? Sim, nascida e criada em Chicago. Ela me diz que sua família é de mafiosos com sólidas raízes e ramificações na Região dos Grandes Lagos e na Costa Leste. E será que eu adivinho onde ela se hospedou na primeira vez que veio a Veneza? Aqui no Danieli, Jewel? Seu pai veio comprar o palácio à margem do Grande Canal e a vila campestre em Treviso, ela era uma criança endiabrada que deixou os salões do hotel de cabeça para baixo com as suas artes. Era não, ainda é uma criança endiabrada, eu penso. Indago se a sua família é mesmo de mafiosos ou se está brincando. Seríssimo, são todos gângsteres, ela diz. Está bem, Jewel Lane, pare com isso. Peço que ela me conte a história desde o início. Por que os ancestrais migraram para os Estados Unidos? Eram mercadores, em Veneza, que caíram em desgraça política nas décadas subsequentes ao período da unificação do país.

Fugiram para a França levando o baú de moedas. Da França, rumaram para os Estados Unidos, era para lá que iam as levas de migrantes italianos e onde estavam as oportunidades. Nova Iorque já estava tomada por guetos de imigrantes pobres e gangues de rua. Os Marin tinham as suas moedas e não precisavam misturar-se aos proletários e desempregados. Chicago mostrou-se terra de melhores possibilidades. Eles tiveram o tempo necessário para consolidar seus comércios e gerar filhos e ver o nascimento de netos antes da Grande Depressão. Alguns dos ramos da família Marin souberam usar a seu favor as energias em ebulição durante a colossal crise. Ou seja, eles se tornaram mafiosos, Jewel? Se eu quiser, posso pôr nesses termos, ela responde, porém seria mais adequado dizer que eles souberam estabelecer relações criativas com as leis, com a política, com o dinheiro e o uso das palavras. Uma vez ricos, trataram de institucionalizar a riqueza e multiplicá-la. De comerciantes, passaram a industriais. De industriais, passaram a investidores em várias frentes de interesse. É mais seguro e lucrativo fluir através de vários negócios do que permanecer dependente dos caprichos da roda da fortuna em apenas duas ou três linhas de produção. Ela tem o projeto de se tornar banqueira transnacional.

 Então, Jewel, a imagem do passado foi higienizada pela história contada no presente, é isso? É isso, meu cálice de sol, ela responde segurando a minha mão. Não preciso temer, garante-me sorrindo, a família Marin já não abriga impiedosos bandidos em seus quadros. Achei uma graça ela ter dito quadros, pareceu se referir a uma organização e não a uma família. Digo isso para Jewel, que me dá um beijo.

Antes que sua atenção retorne aos meus seios, pergunto-lhe se a família a considera eficiente na condução dos negócios. Hum, toquei em assunto delicado. Ela é mulher de lances grandes e ousados, que algumas vezes dão errado. Contabilizados ganhos e perdas, o resultado favorece os ganhos, mas os sócios e parentes desejam que o eletrocardiograma dos negócios conduzidos por Jewel seja mais estável. Ela assumirá o controle da fatia maior do bolo da família Marin se o grande lance que articulará na reunião em Treviso for bem-sucedido. Sei que Magda e Bosco Saudati estarão lá por diversão. Quem são os outros, os que interessam para os negócios? Investidores selecionados, de várias partes do mundo, ela responde evasiva. A que tipo de investimentos esse futuro banco se dedicará? Negócios globais, ela diz olhando-me nos olhos, consciente de que o vazio da resposta e o seu sorriso me irritam. Segura-me a mão. Recuso seus afagos, desmancho o enlace. Quero que ela me responda a verdade. Indústria bélica, por exemplo? Interesses na guerra empresariada à semelhança de um comércio? Eu também sei me abastecer previamente de informações, Jewel Lane. A expressão de seu rosto muda, o tom da voz agora é seco. Outros perpetuarão o mal de qualquer maneira, o mal é uma necessidade enraizada no mais fundo da alma humana. Então, que a prática do mal seja dominada por quem tem o gênio e a ciência para conduzir o lucro em direção ao gradativo agenciamento de outros objetivos, belos. Ela torna a segurar-me a mão, de um modo que não admite recusa, olha-me com uma dureza imperativa tal como eu ainda não havia visto.

Sou apenas uma menina, o que tenho a ver com a sua reunião bilionária? Nada entendo sobre os seus grandes negócios e o pouco que sei me coloca contrária a eles. Éramos desconhecidas uma para a outra até poucos dias atrás. Por que deseja minha presença em Treviso? Ho bisogno di te, responde com a sua voz mais grave e profunda. A comida vai esfriar, adverte-me com o gesto gracioso que contém uma ordem irrefutável.

O risoto de cogumelos e o vinho estão ótimos. Voltamos a uma conversação amena. Não precisamos de palavras para estabelecer o pacto de nos brindarmos com o tempo necessário para que a tensão se esvaneça.

O vagar propiciará que a família russa na mesa próxima termine a janta e se retire. Engano meu, estão satisfeitos em saborear ainda mais lentamente os seus pratos, que devem estar gelados, à luz das estrelas e diante do cenário da laguna. Está bem, Jewel, pode pedir o chá, segurar minha mão e dar beijinhos, vamos alegrar as diferentes gerações daquela família reunida ali.

Quer recordar os seus velhos tempos no Danieli? Vamos passear pelo hotel? Ao levantar, meu olhar encontra o do avô na outra mesa. Ele sorri e me cumprimenta em silêncio com um meneio da cabeça. Devolvo-lhe o sorriso e o cumprimento.

Jewel e eu percorremos em passos lentos os três palácios contíguos que formam o Danieli. A conversa flui por moda, arquitetura, música, culinária, dinheiro, cidades e recordações das estripulias da menina Jewel, que também quer saber das travessuras da pequena Lara. Conto-lhe algumas das que aprontei quando criança e vamos subindo e descendo escadarias. Visitamos salões, admiramos a luz multifacetada na artesania dos vidros de Murano, Jewel conta histórias sobre os personagens retratados nos grandes quadros a óleo.

Ela conduz o passeio e, pelo rumo que tomou, acho que chegou o momento em que me levará para o quarto. Enganei-me. É para o suntuoso salão dos arcos que vamos. Jewel dá uma aula sobre as singularidades do gótico veneziano e o extrovertido pessoal da portaria vem escutar e participar da conversa. Animam-se, esquecem que só acompanho o italiano se falarem devagar. Está divertido ouvir Jewel e os outros em italiano veloz, sem entender quase nada, vê-los gesticular e levantar os olhos para o magnífico teto tantos metros acima. É incrível como Jewel passa a gesticular até com a mão que está segurando a minha nesta improvisada confraternização de amantes das coisas belas.

Jewel sinaliza que terminou, o grupo se dispersa com sorrisos e frases complementares, ela me puxa em direção ao recinto unido e separado, em relação ao espaço principal, pela arquitetura dos arcos. Descansamos no sofá, Jewel faz com que eu me sente colada nela. Estamos visíveis apenas para duas senhoras que conversam recostadas a uma coluna, no outro canto do recinto. Ouço um zum-zum que parece murmúrio de ondas, vindo do bar Dandolo. Ainda é cedo, há movimento de hóspedes.

Jewel retoma os assuntos de antes, mas por pouco tempo. Entremeia a conversa com beijos e carícias. Sua mão repousa em minha perna, desliza por baixo do vestido em direção à virilha. Observo com o canto do olho que as duas senhoras têm a delicadeza de evaporar-se da cena. Jewel dedica-se a beijos em minha orelha e no pescoço, enquanto seus dedos exploram, num sobe e desce cadenciado, o macio contato da minha calcinha. Ela troca o meio das minhas pernas pelas atenções táteis e visuais dedicadas de novo aos seios. Afasta o tecido e acaricia meus mamilos. O prazer os intumesce, Jewel me olha triunfante antes de descer sua boca até eles. Ela os chupa com suavidade, devagarinho, como se tivéssemos pela frente todo o tempo de um reservado lugar. Suas mãos ajeitam-me para que eu me acomode de lado e de costas para ela. Beija-me a nuca e as atenções de sua mão deslocam-se para minha bunda. Carícias, por cima e por baixo do tecido da calcinha. Percebo que alguém entrou no recinto, deu meia-volta e desapareceu. Os dedos de Jewel descem pela minha perna. À altura do joelho, ela faz um movimento de comando, entendo que ela quer que eu dobre o joelho. É isso, ela puxa de novo, eu dobro e deixo que minha perna seja conduzida para trás, por cima de seu corpo. Meu pé está ao alcance de sua mão. Ela retira minha sandália, que faz pluft sobre o tapete. Jewel faz cosquinhas no meu pé, eu tenho que aguentar enquanto ela me beija a nuca. Agora, a outra perna. É mais difícil porque está por baixo. Jewel ajuda, afasta-se um pouco, curva-se, suas mãos escorregam até o pé e retiram a sandália. Voltam pelo mesmo caminho e levantam o vestido para acima da cintura. Agora descem a calcinha, que vai se juntar às sandálias no tapete. Pronto, estou de bunda à mostra e ouço uma conversa distante, acho que na portaria. Ainda bem que o pessoal do hotel é sensível à necessidade de proteger as coisas belas. Os beijos de Jewel retornam para a nuca e sua mão fica a apalpar lá embaixo. Seus dedos avançam por trás e por entre as pernas até o sexo. Masturba-me do mesmo jeito que um caracol desliza a barriga sensível e viscosa sobre a variação das texturas da relva. Beija-me a orelha, faz uma pausa apenas para dizer baixinho em meu ouvido: puttana. O meu orgasmo vibra na mão esquerda de Jewel.

Ela podia ser mais discreta, não precisava, em despedida, acenar-me da porta do hotel erguendo o troféu de minha calcinha de renda preta. Podia tê-la guardado no bolso do paletó. Na outra mão, leva minhas sandálias. Avisa que Matteo virá me pegar de barco pela manhã, que almoçaremos juntas e, à tarde, iremos para Treviso.

O pessoal da portaria, esse, sim, sabe ser respeitador. Fingem, joviais, que nada notaram, embora não escondam que estão a observar meus pés descalços e os cabelos despenteados à semelhança da casca aberta de uma banana. Desejo-lhes boa noite e subo correndo a escadaria.

No corredor, a caminho do apartamento, encontro o casal de avós que estava no restaurante do terraço. Seus rostos se iluminam em sorrisos afáveis, mas também zombeteiros. Perguntam algo, não entendo. Respondo em francês. Nada. Damos os três de ombro com burlesca resignação. Prossigo pelo corredor. Viro a cabeça, eles permanecem imóveis, mirando-me. Qual o motivo de seus sorrisos? Prossigo rumo ao refúgio do apartamento. Só agora atino que a luz do corredor é forte, o vestido é transparente e fiquei sem a calcinha. Jewel me deixou zonza.

Faz duas ou três noites que encontrei o casal de avós russos no corredor do Danieli? Uma semana? Dez dias? Em outra existência? Nunca pensei que ouvir sem ver dilatasse o tempo. A água escoa pelo ralo da banheira e devo admitir que me conforta o francês do germânico e gentil monstro de Frankenstein. A banheira é funda, a voz de Gerhard, cava. Essa penumbra, noite ou dia? Água e voz fogem pelo ralo que suponho profundo a perder-se em caverna no rochedo onde se assenta a vila campestre de Jewel Lane em Treviso. A voz gravíssima de Gerhard tem algo de tátil e apaziguador. Não posso dizer que exista mais sexo do que carinho em seu jeito de me banhar e nas mãos enormes a conduzir meu corpo nu para fora da banheira-poço e a afagar-me e aninhar na toalha onde me deixa seca e cheirosa "comme du pain lorsqu'il sort du four, à l'aurore de la vie". Meu querido Gerhard recoloca-me a coleira, ele assegura que eu apreciaria a beleza se pudesse vê-la. Incentiva que eu deslize os dedos pela superfície para sentir as saliências frias das pequenas safiras. Gerhard sabe que prezo a beleza, ele torna a assegurar que está resplandecente a combinação da cachoeira dos meus cabelos loiros e o negro da coleira e o azul das safiras em torno do pescoço. Eu pergunto se a venda negra não quebra a harmonia das formas e cores, ele contesta com ternura de gigante, textura do paletó de seu braço cingindo-me os ombros: a venda negra, única veste nestes dias alheios ao calendário, realça minha alvura e a entrega. Seu sorriso tem a musicalidade do breve riso. É final de tarde, descubro pelas sombras espichadas que apenas o sol inclinado pode estender assim sobre o longo trilho do tapete vermelho que diviso pela fresta que o nariz interpõe entre a venda e a face. A largura da venda não é excessiva, prejudicaria a estética do rosto. Gerhard, sempre amável, não exatamente me puxa pela coleira, ele a segura sem esticar, mais me conduz com o amparo do outro braço sobre meus ombros do que me puxa, ainda que, reconheço, me cause algum prazer quando sinto retesada a guia da negra coleira das pequenas gemas azuis. Os degraus. Na escadaria em caracol, ainda mais o braço forte do meu Gerhard afetuoso protege os passos em descida ao salão. A babel distante de vozes masculinas diz que os homens todos estão de volta ao salão. É verdadeiro o que sempre ouvi falar sobre o afloramento dos outros sentidos na ausência da visão, posso sentir os rostos virando-se ao meu avanço, um a um, algo na ondulação das vozes. Gerhard atravessa-me por dentro do aglomerado. Cumprimentam-me, respeitosos, em idiomas orientais e ocidentais. Dirigem-me breves galanteios, comedidos, jamais invasivos, são banqueiros, industriais, investidores, homens situados no terraço mais elevado do mundo, aquele mais próximo do sol e das estrelas, ainda que deles talvez se possa dizer que, alguns, ao menos alguns, são genocidas. Nenhum ousa tocar-me. Eu sou somente para os seus olhos. Jewel e eu somos as únicas mulheres, sei que ela acaba de se tornar presente, a babel silenciou. De agora em diante, estamos em reunião de negócios, todos falarão inglês e apenas um de cada vez. Gerhard entrega-me à rainha. A saudação é o roçar de seus lábios nos meus. Na têmpora, recebo carinho semelhante ao beijo do padre na hóstia. Jewel, o que você diz baixinho em meu ouvido? Não compreendo, não importa, a mensagem é a própria música escura e quente de sua voz depositada no buraquinho ao lado esquerdo de meu crânio, é isso? Jewel Lane Marin acomoda-me ao lado direito de seu trono, devo permanecer assentada no tapete e recostada à poltrona que as mãos e a fresta da venda informaram-me, desde a primeira rodada dos negócios, majestosa. Os homens postam-se em semicírculo, voltados à rainha. Posso acomodar-me de maneira a ocultar-lhes meu sexo, mas, em verdade, em verdade, eu digo, ajeito-me em novas posições de tempo em tempo e, às vezes, deixo-lhes quase exposto o objeto do desejo. Jewel segura a coleira com brandura que me faz pensar solta. Magda Schelling e Bosco Saudati não vieram à reunião, Magda me enganou naquela manhã no hotel em Veneza onde me hospedei numa existência passada. Ela está na lua de mel em Milão. É também lua de mel esta vivida na vila campestre em Treviso, à maneira de Jewel. Nas partes isoladas da grande casa de pedra, a rainha me aninha. Com seu hálito colado à minha face, diz carinhos em línguas que não compreendo, talvez Jewel invente palavras e idiomas. Limpa-me os orifícios íntimos quando, para sua observação deliciada, consagro-me às necessidades fisiológicas. Limpa-me com suavidade e, por vezes, com a paixão que faz aparecer em mim incendiada puttana. O mais habitual, porém, é que seja com ternura e quietude tais que vão enraizando o estranho sentimento de que volto à primeira infância. Ceamos a sós, Jewel, Gerhard, eu. Pedacinhos dos manjares são introduzidos com delicado vagar em minha boca. Quando Jewel e Gerhard limpam-

-me os lábios, quase posso enxergar o babeiro de florzinhas amarelas e azuis que mamãe passava em meu rosto e que permanece guardado na cômoda das relíquias lá em casa, no outro lado do oceano. À penumbra da chama das velas ou da lareira do quarto, Gerhard faz o inacreditável gramofone irradiar em vinil os concertos de Händel de minhas escolhas. Jewel prometeu que me ensinará a apreciar a ópera no retorno a Veneza e que a venda me será retirada ainda em Treviso sob o céu da lua crescente, para que o retorno à luz seja pálido e não magoe meus olhos renascidos. Verei na manhã seguinte a paisagem iluminada da vila. Isso acontecerá depois que os homens da tensa reunião de negócios houverem partido. Gerhard me conduz ao gramofone para que eu me certifique com as mãos de sua existência real. Ele me incentiva a deslizar os dedos pelos móveis esculpidos em madeira maciça e a leveza das cortinas assopradas pela brisa para que eu conheça o mundo através do tato e sejam tato e carícia seus beijos em minha nuca e seu abraço a me acolher junto à virilidade de seu poderoso corpo. Faz bem ao espírito de Jewel levar-me a passeios entre os vinhedos da encosta. Ela se encanta com as sinuosidades perfeitas que meus pés deixam marcadas na terra umedecida pela chuva silenciosa, ela me retém junto ao seu corpo, num abraço por trás, minha face voltada de retorno ao caminho por onde viemos e que não vejo, ela se encanta em apoiar sua cabeça sobre a minha e olhar meus pés embarrados e as marcas gentis por eles deixadas na terra umedecida. Ela me envolve na chuva silenciosa, eu sonho. Seu beijo, Jewel, por vezes é tão profundo. Conta-me em italiano pausado, para que eu entenda, histórias que levam crianças sorridentes ao sono. Quando me quer acordada, conta-me sobre sua vida no lado oriental do mundo. Seu beijo, Jewel, é por vezes um roçar de asas. Ela promete que me fará viver vergonhas extremas em lugares distantes, em Treviso está contida pelo recato necessário à reunião de negócios. Eu flutuo por esses dias de penumbras e terra e plantas ensolaradas vistas pela fresta da venda negra. Durmo juntinha a Jewel na imensidão da cama que meus dedos dizem rodeada de muitos anjos salientes na madeira, eu acordo e não retiro a venda no escuro deste universo, mesmo que Jewel durma e minhas mãos estejam livres. Quatro, cinco dias? Quantos? Eu flutuo e torno a esta nova rodada no salão. Entendo números, pactos, ambições, domínios. Entendo vago. Aprenderei inglês. Jewel Lane Marin providenciou para que mulheres viessem doar-se aos homens nesses dias de negócios em Treviso. Minha escuta as desenhou jovens, formas abundantes, merecedoras das capas de revistas masculinas. Comparada a suas exuberâncias, devo parecer criança. Eu as soube vestidas e sem vendas negras nos olhos, no salão. Elas divertiram os homens em outros lugares. É apenas minha a distinção da venda negra, da coleira, da nudez. Quantos dias? Jewel não responde nem quer que eu pergunte. Eu a compreendo. Ela quer que eu mergulhe na escuridão. Jewel quer me amar e deseja que eu a ame. Ela precisa de mim. Foi o que me disse à mesa no terraço do Danieli, há muito, muito tempo. Precisa de mim. Ela deu fêmeas aos homens. O divertimento passou, aconteceu na noite de ontem? Estamos de volta aos negócios, a rainha e eu somos as únicas mulheres. Eu sou somente para os olhos dos homens. Jewel me compartilha apenas à amizade de seu Gerhard querido. Ela me puxa com doçura pela coleira por entre os homens. Eles não me tocam. Jewel rompe o inglês e declara em francês, para que eu compreenda, que algo existe no mundo que não está posto na mesa das negociações, nunca será.

DUAS FACES

Rarrará, querido ele é, mas não me ilude com suas inverossímeis histórias de homens travestidos de mulheres poderosas que se revelam senhores do destino a encenar sensibilidade feminina. Ele nos observa de cima para baixo, demasiado distante. Erra sem má intenção, ele é mesmo desajeitado. Interpreta torto o que lhe conto e me conta em devolução tramas impossíveis, capitalistas de saia e alma indefinida entre os papéis de bruxa e fada, ele entende tudo errado. Quer nos decifrar, diz que a fantasia ensina mais que o documentário, pede que eu invente histórias. Pingue-pongue, eu conto, ele reconta. Pingue, eu me afasto um pouco de minha existência e a transformo em esboço de lenda. Pongue, ele pega meu esboço e o arremessa ao exagero, chama de espelho de parque de diversões a sua variante do que lhe contei, transforma o retrato em caricatura, diz que a caricatura revela o que o retrato camufla na ausência de expressionismo. Ele tem a desfaçatez de chamar a isso de estudos prospectivos da história humana. Solicita minha avaliação e sinceridade: meu amigo de corpo pequeno e cabeça grande, seus contos de fadas para adultos não enganariam crianças. A magia acontece quando a distância entre o inventado e o mundo parece possível de ser caminhada do mundo até o inventado, para o bem e para o mal. É preciso causar a sensação: oh, sim, eu reconheço, isso estava escondido aqui, oh, sim, essa extraordinária alternativa existe, só agora percebi. Um ogro encanta porque ogros há disfarçados de gente por aí. Mas suas bruxas colocadas no lugar de homens poderosos? Bruxas desejosas de inverter dinheiro em direção aos inventores de coisas belas que andam espalhados e perdidos pelo mundo? É mais crível uma carruagem que se transforma em abóbora à meia-noite, meu amigo de grandes olhos escuros feito o interior de um caixão. Suas ninas e ninos que se tornam safados sem perder a ternura? Rarrarrá, o mundo não é assim, meu amigo cabeçudo. Se é safado, a ternura ali já não habita, você compreende? Eu sei, você observa o mundo e só identificou o prazer entre os safados. Assim é o mundo, é o que venho tentando lhe dizer e você não me escuta. Ou o nino vem a se fazer terno e chato, ou o nino é safado e prazeroso e livre, solto, desgarrado, sem laços, sem ternuras, sem amor. Ninas e ninos que se tornam safados sem perder a ternura? É mais fácil acreditar numa carruagem que vira abóbora à meia-noite. Eu sei, eu sei, você já me falou, seu cabeçudo, você me falou não sei quantas vezes, é para isso que existem contos de fadas, para estender uma estrada de arco-íris da terra às nuvens e das nuvens de volta à terra, agora, encantada. Eu lhe respondi e respondi que a magia acontece quando a distância entre o inventado e o mundo parece possível de ser caminhada do mundo até o inventado. Suas bruxas colocadas no lugar de homens poderosos? Bruxas desejosas de inverter dinheiro em direção aos inventores de coisas belas que andam espalhados e perdidos pelo mundo? Ninas e ninos que se aventuram na floresta e crescem ternos e safados? Mais acreditável o pé de feijão que sobe até as nuvens. É o que venho tentando fazer você ouvir e você não ouve, pudera, como seria possível se, em vez de orelhas, tem apenas dois furinhos, um em cada lado desse cabeção? Eu sei, você inventa seus contos depois que ouve os meus, é o seu método dialético-arco-íris de compreender nosso mundo. Você nos observa, disfarça-se de vendedor atrás do balcão da loja, empresário, professor, enfermeiro, bombeiro, contemporâneo pai de família, estudante universitário, faz anotações em seu caderno, sente-se confuso. Abduziu-me para que lhe contasse histórias, seu método dialético-aliança-do-firmamento--com-a-terra é uma graça. Diz que as ninas e ninos que escuto de você não estão distantes dos ninos e ninas que escuta de mim. E diz que, se os clientes forem outros, o banqueiro do mundo precisará se converter em alguém parecido com suas bruxas. Você é mesmo um cabeça-dura, escuta só a parte que deseja ouvir, entende tudo errado. Ninguém dirá oh, sim, eu reconheço, isso estava escondido aqui. Acredita que alguém dirá? Ô, ô, aqui estou, deitada, mirando estrelas através do teto de cristal, recapitulando o diálogo imaginário que tornarei real em instantes, e eis que você se apresenta, chegou assim de repente, sem aviso, sem barulhinho que o anunciasse, você de verdade, em pele cinzenta e ossos. Escutou meus pensamentos?

— Bom dia, boa tarde, boa noite, impetuosa menina, amável mulher, degustando estrelas? Em sua cidade e casa, no hemisfério sul é verão, no hemisfério oeste é dia, você está no verão? É dia ou noite nesse espírito seu que começo a amar de um jeito que diz você não existir no mundo? Não existe? Alguns machucados e o encantador Narciso que lhe habita levam seu olhar a ajustar-se mais à miragem das estrelas ao invés das pessoas. Se não houvesse amor esplendoroso em seu mundo, como teria se formado alguém feito você? Xeque-mate, gatinha? É noite estrelada para você embaixo do teto transparente? Ursinhos estampados em pijama amarelo estão emergindo em sua memória? Papai veio dar beijo de boa noite? Mamãe é carola e pendura crucifixo encantador e rosa na cabeceira da cama? Que século é hoje? Preparei sopa cremosa de hortaliças que faz você vibrar, destampo, cheire o vapor, veja, é a sopeira azulada de florzinhas brancas que você comentou linda, quer primeiro dar boas colheradas na sopa e depois segurar tampa admirável na frente dos olhos ou o contrário? Primeiro, sopa quente? Estou vendo em seu rosto que você pergunta se ouvi pensamentos. Perdoe-me, sim, e confesso, nem pensei em tapar os dois furos, um em cada lado da minha cabeça grande. Com licença, presenteie-me com a felicidade de ser eu a depositar a colher fumegante de sopa em sua boca mimosa que abriga essa urna de mucosas vermelhas e úmidas, jovem que amo de sua espécie. Conta para o seu amigo Sabr-Sber de corpo pequeno e cabeça grande mais histórias? Depois da sopa? Abra, abra boquinha, olhe o trenzinho cheio de fumegante levando colher para dentro da estação, tchu, tchu, tchu, tuuuu, é mais ou menos assim que vovô dizia? Saudade? E se eu lhe disser que vovô flana vivo no Universo e converso com vovô dentro de você quando dorme e seu peito sossegado sobe e desce bem, bem devagar, ressona baixinho? Meu conto de fadas é menos acreditável que a carruagem desfeita em abóbora? Ele era terno, o vovô, era? Nunca foi chato, foi? Mamãe dizia que vovô era velho safado? Abra, abra boquinha, tchu, tchu, tchu, olhe trenzinho levando colher para dentro da estação, deixe amigo cinzento ver de novo mucosas vermelhas e úmidas, criança que amo. Seu Sabr-Sber terno e safado escuta e depois devolve conto de fadas impossível de capitalista mulher que adora meninas bonitas e faz bruxarias e converte dinheiro feio em mundo belo nascido de mundo partido, casca rompida, ovo lindo nasce de ovo sujo. Dentro de qual ovo sonha menina bonita que diz impossível? Pergunta boba. Se o novo está dentro do velho, ela vive dentro dos dois. Um é só lindo? Outro é só sujo? Ora, ora, ora, abra o bocão, aí vai trenzinho de sopa quente, tchu, tchu, tchu, tuuuu. Assim apitavam as locomotivas em trilhos de ferro nos tempos velhos do vovô? Mamãe carola queria chamar você de Maria Imaculada e, graças a Deus, papai convenceu mamãe a mudar um minuto antes do registro no cartório? Inocência foi o acordo? Você detestava seu nome quando criança e hoje ama?

    Sabr-Sber, eu não sei o que é mais absurdo, se você aparecer vestido de paletó escuro, gravata sóbria e saia estampada com grandes flores ou a nave estelar assumir formato de pônei com rodinhas no lugar dos cascos. Ontem era uma caravela. E amanhã, você estará vestido de que maneira? Elegante essa sua gravata, sabe? Me empresta aquele seu chapelão com plumas azuis? Você entende tudo errado, é isso que venho tentando lhe dizer desde que passamos pela estrela vermelha Aldebaran e você contou a história sem pé nem cabeça da presidente negra respeitada por deputados loiros. Faz misturas impossíveis. Está ouvindo bem meus pensamentos? Existem homens, existem mulheres, e homens que se vestem de mulher e mulheres que se vestem de homem. Mas quem caminhe na avenida em tons e cortes discretos da cintura para cima e estampado e colorido da cintura para baixo, não há. Sua absorção antropológica do mundo está confusa. Você está falhando na tentativa de compreender meu planeta humano.

    — Quem faz misturas impossíveis é seu amigo Sabr-Sber das íris negras do tamanho de pires? Minha vez de cantar risada, rarrarrá. Inocência combina com sarcástica risada? Menina gosta de café amargo com doce de nozes que amigo cabeçudo comprou na confeitaria disfarçado de frade capuchinho, essa mistura pode? Em três continentes, costelas de legiões de crianças desenham-se sob a pele, parecido com a estética esbelta de Sabr-Sber. Mas o que lindo é em Sabr-Sber, nas crianças é triste. A fome acontece todos os dias, por isso em nenhum dia é destaque no mundial noticiário? Hoje tem jeito de pônei com rodinhas no lugar dos cascos, minha nave. Hoje, o novo campeão da Fórmula-1 é destaque em seu mundo porque é acontecimento neste único dia e o que acontece todos os dias é como se estivesse ausente de todos, mesmo que seja a fome. O maluco é seu amigo cinzento?

Mas é disso mesmo que estou falando, seu cabeçudo, teimoso querido. Meu mundo é mais maluco que você, e é maluco em outra direção. Por isso seus contos de fadas são impossíveis. Falharam suas ficções prospectivas, sua absorção antropológica. Você não nos compreende. É sonhador em demasia.

— Não respondeu minha pergunta, se amor esplendoroso não houvesse em seu mundo, como teria se formado alguém feito você?

Desisto.

— Xeque-mate, gatinha. Reconheça. Ou você é filha de seu mundo, ou você é o quê? Os átomos de pensamentos, valores, sentimentos que a formam vieram de onde? Esses átomos em movimento criativo de acontecimentos bonitos dentro de você, eles a fazem filha do mundo ou não? Vieram de onde esses átomos de pensamentos? O que responde? Não vai responder? Rato comeu língua da gata? É assim que humanos falam? Sabr-Sber errou a frase? Tchu, tchu, tchu, abra bocão, amigo teimoso enfia colher de amor e sopinha. Vieram átomos de sentimentos do planeta distante de Sabr-Sber? Foi? Acho que não. Mulher amável concorda? De onde vieram os átomos de pensamentos que voltam bonitos da menina para o mundo? Não quer responder? Tchu, tchu, tchu, mais colherzinha, abra boquinha. Só você pode ser alma linda? O mundo que a forma e para onde voltam seus átomos de sentimentos, não pode? Hein? Hum? Por que histórias que Sabr-Sber conta depois que ouve as suas não podem ser, hum? Por que misturas impossíveis de bem e mal de Sabr-Sber não podem ser possíveis? Não. Não. Não. Tchu, tchu, tchu, um tchu para cada não virar sim, abra estação para colherzinha. Histórias que amigo cinzento inventa poderiam ser muito mais impossíveis. Ele as ouve da mulher amável, você é a fonte de onde o impossível se espalha em gotas. Sabr só arruma de outro jeito os personagens dentro dos enredos dados por você, Sber só mistura um pouco diferente os enredos dentro dos personagens surgidos dos átomos combinados na menina que abrir de novo deve o bocão, sim, sim, sim, sim, sim, sim, sim.

Sabr-Sber, é mais plausível sua nave estelar ser ontem caravela e amanhã assumir a forma dessa colher que você faz de trenzinho do que levar a sério suas histórias sobre a estupidez do poder convertida em bondade.

— Você não precisa levar a sério histórias do amigo absurdo, apenas acredite em mim.

Acredito em viajar na velocidade megaluz a bordo de

um pônei com rodinhas e ver estrelas através da córnea de seu olho esquerdo, não acredito em seus contos de capitalistas transformados em bruxas que vão à forra das fogueiras do passado de um jeito inverso, convertendo dor em alegrias, seduzindo ninos, ninas. Qual o filtro mágico para realizar a conversão? O apelo de uma felicidade planetária que estaria ao alcance de braços e abraços estendidos não fosse o vicioso apego à mesquinharia? Rarrará. Viu? Sua amiga Inocência cantou sarcástica risada. Ela quer mais sopinha, enfia fumegante colher em minha boquinha?

— Ainda não respondeu minha pergunta, se amor esplendoroso não houvesse em seu mundo, como teria se formado alguém feito você?

E como você quer misturar de outro jeito meu mundo, seu cabeçudo, se nem percebe que estou fingindo? Enrolando você, não percebe? Hum? Hein? Perdeu a língua? Hein? Hum? E a minha colher de sopinha? Bruxinha está esperando fumegante trenzinho.

— Ensinando prazerosa malícia humana para seu desajeitado amigo? Maldade que faz bem é a pedra filosofal? Encosta pedra na ferida humana, converte problema em oportunidade para feliz acontecimento? É a pedra filosofal? Um grão da pedra? Maldade que faz bem é ritornelo onde música dobra sobre si mesma e se transforma em outra? Giro dentro do giro que converte em possível o impossível giro do giro para lado diverso? Tchu, tchu, tchu, Sabr-Sber vai enfiar colher de sopinha na boca mesma de Sabr-Sber. Mucosa vermelha da menina misturou sua umidade na sopa, colher mistura agora saliva da menina com visco da mucosa de outra cor de Sabr-Sber.

Quer beijinho? Trocar salivas comigo?
— Mulher amável extasia-se embaixo de estrelas, lá do lado de lá do teto de cristal do olho esquerdo do pônei em megaluz, no canto direito do teto de cristal, azulada, menina localizou?
Aquela?
— Sabe seu nome?
No céu do meu mundo, a grande estrela azulada é o planeta Vênus.
— Aqui é Dançaszaaaaasss, mundo que brilha azul quando sol reflete nos oceanos, casa do festival intergaláctico de alegrias e artes. Seu destino. O pônei diminui a velocidade, sente? Chegaremos devagar, de mansinho, imitando sono da menina, peito sossegado sobe, desce, ressona baixinho. Sabr-Sber quer beijo. Eu não a abduzi. Convidei. Você veio.

Eu posava deitada para o artista, ouvia música e o risc-risc da caneta sobre o papel áspero, minha mente flutuava no sol diluído em frações pelo vidro granulado e fosco da claraboia quando você apareceu no feixe de luz. Conversou comigo sobre a música, contou do festival intergaláctico de alegrias e artes em Dançaszaaaaasss, eu gostei de você. Transportou-me em visita à névoa brilhante da capela ecumênica no coração da nave. Os tripulantes cinzentos receberam-me com a gentileza espontânea de amigos de muito tempo, perguntei: são deístas sem qualquer religião, suas pontes para o divino são as palavras e as coisas de cada momento? Você respondeu que a melhor resposta era não responder, que eu ficasse com a pergunta. Seu convite foi irrecusável, como eu não haveria de querer viajar para Dançaszaaaaasss, levada em oferenda ao cantor chamado Bocão? Só que aconteceu algo durante a viagem, Sabr-Sber, agora eu quero continuar com você, não quero que me entregue ao Bocão. Sei que ele canta divinamente, mas quero conhecer o festival ao lado de meu amado amigo Sabr-Sber. Se não for assim, peço que a nave nem desça no planeta azul do festival de alegrias e artes e me leve de volta para casa. Me beije.

Meu amigo brando e libidinoso, sabe por que vocês, caveiras com pele acinzentada por cima, parecem estranhos e familiares aos humanos? Desvire-se um pouco, quero ajeitar mais confortável minha cabeça em seu ombro. Foi tão bom adormecer abraçada. Quando olhamos para sua imagem, outra guardada no subconsciente tenta subir ao andar de cima da consciência. Vocês nos lembram de nossos cadáveres, seus grandes olhos negros são a metamorfose dos buracos oculares vazios. Acho poético o que a humanidade faz com a morte. Religiões, fantasias, fantasmagorias, crenças no impossível. Suas cabeças grandes bem podem ser representações do espírito, simbolizam as ideias que sobrevivem aos indivíduos. Tem certeza de que você não é aquele velho artista que me desenhava no estúdio da névoa luminosa descendo pela claraboia? Acho que você está me sonhando. Seus amigos caveiras nesta nave são os amigos do artista, acertei? Não? É mesmo uma nave? Estamos nos aproximando em subluz de Dançaszaaaaasss? Acho que você está querendo me induzir a acreditar de verdade, e não só de faz de conta, no impossível. Sabr-Sber, eu sei quem você é, um velho safado que ama o jazz e desenhar garotas. Foram boas aquelas tardes muitas em que você e seus amigos transportaram minha imagem para folhas de papel áspero, telas, argilas. Você disse que o transporte da modelo para imagem no papel era viagem espacial e ponte entre o tempo daquela tarde e algum dia e lugar no futuro, eu lembro, sempre lembrarei. Eu adormecia nas poses recostadas em almofadas. O tempo do verbo está certo? Continuo adormecida e velhos queridos tocam-me com o escasso e suave recato de seus olhares? Que século é hoje? Você me perguntou ontem. Atravessamos o século enquanto a nave à megaluz viajou estrelas? Você, seu caveira, olha do futuro e por isso diz aos humanos que mais sensato é sorrir? Diverte-se com seus contos de felicidades impossíveis e minha descrença porque em Dançaszaaaaasss verei o despedaçado mundo humano com os mesmos olhos de caveira com que você nos observa e ama? Você sorri porque, depois da vida, está liberto de seus apegos e pronto a reconhecer que a felicidade da existência foi a soltura de alegrar-se por simplesmente estar aqui apesar das graves responsabilidades para tornar-se um esnobe acima de outros ansiosos pelo posto? Sorri porque agora, depois da vida, você reconhece em todos os outros, apesar de tudo, o mesmo simples ser que sempre foi o melhor e o mais esquecido em você? Seus amigos caveiras cantaram em ciranda de mãos dadas aquele desatinado *Magnificat* de Bach ao ritmo de batucada para me preparar à soltura de Dançaszaaaaasss? Eu adorei. Nunca imaginei que amaria absurdo assim.

No século passado, eu era jovem e intransigente, você me trouxe para cá e agora sou mais jovem do que fui e liberta de minhas convicções, é isso? Os homens que se divertem em magoar animais, como seria possível não serem os mesmos que vivem da dor que causam uns aos outros? Impossível. E você, caveira louco, diz plausível que ovo diferente nasça de ovo velho por serem esses torturadores enfermos feitos da mesma humanidade presente nas alegres artes do festival em Dançaszaaaaasss? Quer me fazer crente de tamanho disparate? Está bem, faz de conta que acredito. Você nos olha do futuro, deve ter visto algo que ainda não enxerguei. Continuarei lhe contando histórias para você me devolver outras. Você me ama, apostarei na maravilha curativa de sua maluca felicidade, sbr, sbr, sbr, sbr, sbr, sbr, sbr, amanheci com fome, quero seu alimento. E você? Vai continuar aqui deitado com esse cabeção de caveira e sorriso de outro mundo a me olhar em silêncio, grande íris escura, amada, esse olhar juntinho do meu? E se eu me assustar? E se eu fugir de você, caveira? Se eu tiver medo de sua absurda alegria, hum?

A NATUREZA INTENSA BROTA POR TODO LADO

"É linda essa planta", o talento precoce para a malícia não evita que as pálpebras de Talita estremeçam de encabulamento e seu olhar volte-se, por um segundo, para o chão. "Sim, é linda", respondo e finjo, tento fingir, que não entendi, enquanto ela acaricia a espiga alongada, espessa, pegajosa, um pouco curva, ereta e vibrátil, que aponta para o céu. "A natureza, toda ela, é linda", complemento mal segurando o riso. "É divina", concorda a garota, deixando escapar a gargalhada. Divinas são essas suas covinhas, é o que tenho vontade de responder. Ao invés, pergunto se sabe o nome da planta que se irradia em perseguição ao sol na beleza espalmada de suas folhas rajadas de verde, encimadas pela espiga. "Não sei, Vitória sabe", declara em risos, como se a razão da graça estivesse em não saber o nome.

— Ei, olá, bom dia, estou aqui em cima, venha, quero mostrar como estão mais azuis minhas hortênsias.

Sim, já vou, rainha. Tchau, Talita, depois nos vemos. As hortênsias estão mais azuis, mais azuis, que cheiro bom de ervas, de grama que dormiu molhada, é um manto sonoro aconchegante o zumbido de abelhas e abelhões voando de flor em flor. A cidade lá está, ao fundo, massa dourada de edifícios ao sol. A pedra dentro da qual as pessoas habitam é também natureza, pedra dourada na manhã de sol que puxa para o alto a espiga cheia de glória da planta que alimenta o riso de Talita. Aqui, os degraus que levam ao jardim de cima, e pronto, Vitória Ripsaw-Silva, bom dia.

— Oi, muito bom e lindo dia, vejo que você está animado. O que aconteceu?

— A manhã ensolarada me deixa feliz. Qual o nome daquela planta com espiga, lá no portão?

— Talita.

— Eu perguntei o nome da planta. O nome da menina eu sei.

— E eu não sei que você sabe? E as minhas hortênsias? Estão mais azuis, não estão?

Acho um charme esse chiado e o jeito autoritário de falar, habituado a sentenciar perguntas que só admitem respostas em concórdia e que se casa à voz rouca com a mesma sintonia que um espírito dionisíaco encarnaria na silhueta da sacerdotisa amante sonhada por Safo. Faça isso. Me alcance aquilo. Volte amanhã. Suas ordens ficam grudadas dentro de mim num balanço de mar em jubilosa fúria.

— Ei, sua cabeça está voando longe. Está pensando no quê? Nelas? Agora você está aqui. Aqui, comigo. Olhe as minhas hortênsias, elas estão mais azuis.

Qual a sua idade, Vitória? Mais de cinquenta, eu sei. Menos de quarenta, é o que parece. Uma vida divertida faz bem para a cútis. A diferença de idade entre mim e Talita é grande, mas entre nós dois, rainha, acho que é maior. Que idade terá Talita?

— Dezesseis anos.

— O quê?

— Talita tem dezesseis. Não era nisso que estava pensando, com esse seu olhar assim perdido lá para o portão?

— Talita tem dezesseis anos?

— Que idade você imaginava?

— Doze. Treze, no máximo. É difícil de acreditar. Pensava que ela fosse criança. Está falando sério, Vitória?

— Essa revelação o deixa menos encabulado por causa daquilo que Talita viu no outro dia?

— Ela tem mesmo dezesseis?

— Feitos no mês passado, quando você estava viajando. Em missão. Alhures. Por isso não soube. Ela é linda, não é? Eu a cultivo com carinho. Aos trinta, Talita ainda parecerá adolescente. Foi premiada pela natureza. Acho que vou me apaixonar por ela.

— É?

— Ciúme?

— Vitória, Talita tem mesmo dezesseis? Não faz três anos que você a recolheu da beira da estrada. Está mentindo, não é?

— Faz mais de três anos, está perdido no tempo. Você não vem com frequência, vê pouco as meninas, por isso confunde as épocas. E me diga, que idade tinham você e suas duas amadas quando foram abduzidos por minha sócia designer?

— Você sabe.

— Eu sei, mas estou mandando dizer. Gosto de ouvir confissões.

— Eu tinha vinte. Lara e Inocência, dezessete.

— Então? Por que essa preocupação protetora com Talita? Isso não combina com o seu jeito. Ela quase tem a mesma idade que as suas amadas tinham quando minha sócia nhac-nhac as duas.

— Mesma idade se você estiver falando a verdade, e eu acho que não está. Talita é criança ainda. Os seios sequer parecem laranjinhas, estão mais para ameixas.

— É? E como sabe? Viu as ameixas e eu não estou sabendo?

— Não, não vi. Elas ficam bem marcadas sob a camiseta, você também repara.

— Ela é um amor. E não exagere. Se forem ameixas, são ameixinhas graúdas.

— Que idade ela tem de verdade?

— Dezesseis. Venha, quero mostrar algo ali no barranco. Aliás, quero que sinta.

O pequeno bosque em declive. Ramagens espessas filtram a luz, e camadas de verdes sombrios são encimadas por verdes dourados. Sim, é um vinho olfativo o ar quente da estufa natural sob o manto dessas árvores. Lá no alto, explodem em big-bangs floridos as copas vigorosas em direção ao radiante azul. E esse perfume? É manjericão?
— É o máximo, não acha? Gostou da minha horta de temperos espalhada por entre as árvores? Perdida na floresta? Está bem, eu sei, não é uma floresta, é só uma matazinha no meu quintal. Mania chata de exatidão essa sua. Não sabe brincar? Venha, quero mostrar meus tomates, estão lá embaixo.

Sim, é um charme esse jeito mandão de falar, enquanto, ágil, abaixa-se num gingado de joelhos para apanhar com delicadeza a lesma rosada que atravessa o sinuoso caminho em degraus. "Pronto, menina, aqui no canteiro está a salvo de ser esmagada por um caminhante distraído e metido a perguntador chato", cochicha em seu ouvido de gastrópode antes de pousá-la de volta à terra úmida.

Os tomates com certeza não foram plantados para o consumo da família universal que transita pela casa de Vitória, ou foram, mas o rumo dos acontecimentos alterou sua destinação. São adubados, agora, para deleite de insetos e pássaros.

— São lindos assim meio apodrecidos e cheios de vida, não acha?

Belíssimos rubis esburacados. Que paisagem efêmera extasiante se forma neste instante em que a larva branca emerge no buraco púrpura e aquela florzinha, lá adiante, é estremecida pelas asas da borboleta indecisa em pousar ou não sobre as minúsculas pétalas. Os tomates tecem a nuvem irregular de gemas a flutuar entre nós e o fundo distante das águas prateadas, neste minuto em que navega, em direção ao cais, aquele cargueiro de cor também tomate, tomate enferrujado.

— Saint Mary? Consegue ler o que está escrito no casco?

— Saint Mary. É da Monróvia.

— Monróvia? Onde fica?

— Acho que é um desses novos velhos países da Europa. Não tenho certeza. Bonita essa paisagem de luz que vibra em folhas e bichos que estremecem e aço que navega retilíneo, não é?

— Quais serão as cargas que traz e levará o Saint Mary? Grãos de soja? Óleo de girassol? Maquinários? Jovens escravas sexuais? Moda outono-inverno? Um pouco de tudo? Quanta vida pulsante por todo lado, não é mesmo? Ouça esse ruído contínuo dos automóveis. Parece música de festa rave. Mais uns passos e chegamos à beira onde o barranco termina. Venha aqui, por essa trilha, cuidado com os espinhos, abaixe a cabeça. Olhe. É lindo, lindo. Carros, carros e mais carros, só param de passar tarde da noite, às vezes nem assim. Movimento contínuo, igual ao coração bombando. Eu adoro essa música, parece mar, trovoada sem fim, gente louca gastando veloz o petróleo que dormiu através das eras. Olhe só, mais dois passos, mais um passo dentro da minha floresta e estamos à beira escorregadia da falésia, caímos no abismo. Lá embaixo, a avenida, a injetar sempre mais e mais carros do centro para o bairro, do bairro para o centro. O navio da Monróvia lá vai com sua carga secreta. Eu amo morar neste jardim, na beira, dentro desta paisagem e da poluição. O quê? Não é um abismo? É só uma alturazinha? Mas você é muito chato, muito, de verdade.

— Gosto de contrariar. Talita está nos chamando, ouve?

— Não é Talita, é Carlinha. Elas têm vozes parecidas. O almoço deve estar pronto. É cedo ainda. Dora tem mania de aprontar tudo cedo demais. Ela é chata, como você. Ouviu o que eu disse? Como você.

O jardim em torno da mesa é composto por trança de cabelos tão escuros quanto veludo negro (eles estão a me roçar o braço e veludo é o que me vem à pele e à mente); por encaracolados e grisalhos; por outra trança, ruiva; e aqueles curtos, na ponta de lá da mesa, ah, engano meu, não são curtos, agora vi o rabinho loiro no giro da cabeça; por cabelos morenos com franjinha; eis que adentra a sala e soma-se à mesa morena franjinha número dois; por trança número três, castanha; por negros, lisos e esparramados sobre os ombros da que acha graça do comentário sussurrado pela loirinha número dois; e por outros castanho-escuros e um pouco, apenas um pouco, só um pouquinho, grisalhos.

— Dora, chega a ser indecente almoçar antes do meio-dia.

— Você pode ser patroa e manda-chuva em outros assuntos, mas quem administra a casa sou eu, está certo? E indecência é deitar sempre depois da meia-noite. Além do mais, essas meninas têm estômago igual a saco sem fundo, já estavam me pedindo comida. Adivinhe quem me ajudou a preparar o risoto.

— Carlinha?
— Se fosse Carlinha, qual seria a novidade? Dedé, foi ela.
— Dedé? Mas, a Dedé?
— Isso mesmo, Vitória. Dedé. Está vendo, só? Comigo, Dedé entra nos eixos. Eu ponho ordem nesta casa.

Monróvia não é um novo velho país europeu surgido, ou ressurgido, após o fim da Cortina de Ferro, explica-me Talita, refestelada na poltrona, livro aberto, diante da estante na biblioteca. Ouço a conversa de vozes altas e risos das últimas meninas ainda em volta da mesa do almoço lá na sala, escuto a explanação de Talita aqui em frente aos livros que colorem, com os retângulos verticais de suas lombadas, a parede de uma ponta à outra, do chão ao teto. Esse casarão é ninho de paredes longas e pé-direito alto, são muitos os livros diante da mesa de trabalho e de Talita, quase deitada entre as almofadas da larga, alta e sóbria poltrona, enciclopédia sobre o colo, pés sobre a mesa, de costas para os janelões e o sol, as árvores, a longa extensão de água e, ao fundo, a cidade.

São um pouco mal-educadas todas essas meninas adoráveis que frequentam a casa de Vitória e que mais ou menos moram aqui. Talita, sem dúvida, sente-se à vontade na minha presença, permanece de pernas abertas, saia curta, pés desnudos e inquietos sobre a mesa de mogno escuro que por certo já conheceu dias mais senhoris e circunspectos nesta casa onde os homens, hoje, são jardineiros e seguranças e nada mais. Permanece assim a criança que Vitória diz ter dezesseis anos, desse jeito, pés inquietos, pernas abertas, quase deitada no ar entre a mesa e a poltrona, consciente de que vejo sua calcinha e a saliência de vênus nítida e inchada sob o tecido justo, branco e próximo da transparência. Tão consciente de que vejo que se põe a acariciar ali onde meu olhar ficou grudado, enquanto me faz saber que Monróvia não é um país, é uma cidade, capital da Libéria, país jovem na costa ocidental da África, fundado em 1821 por ex-escravos norte-americanos, libertos com o apoio do presidente Monroe, homenageado com o nome da capital. Ah, sim, American Colonization Society foi o nome da empresa que ajudou na fundação do país, explica depois dos cinco segundos em que calou, mais absorvida em acariciar a saliência inchada do que em virar a página do livro.

— Ei, você, já viu um computador sem ser em filme?

— Na universidade, Dedé. Na casa de alguém, ainda não. Vitória disse que comprou um.

— Já ouviu falar em internet? Suba comigo, Vitória me mandou mostrar uma coisa. Talita, venha com a gente, você pode continuar se masturbando lá em cima.

Dedé interrompeu o idílio meu e de Talita para nos conduzir ao futuro instalado no reservado gabinete de Vitória. Deixamo-nos conduzir por Dedé, a matadora do homem mau do armazém.

Ela, à frente, dois degraus acima, dançando as pernas abaixo do shortinho apertado sobre glúteos firmes, pernas fortes de Dedé, que matou o dono do armazém com dois balaços no peito.

Acompanhou o namorado bandido no assalto ao

armazém. O dono tinha uma pistola escondida embaixo da caixa registradora e alvejou o assaltante. Dedé não acompanhava em vão o namorado no ofício e brinquedo de assaltar, foi mais rápida do que o dono do armazém, abriu-lhe os dois rombos no peito. Teve a valentia de esperar pela polícia ao lado do namorado ferido. A sorte inesperada: o dono do armazém era homem mau, arsenal e pacotes de cocaína foram descobertos pela polícia nos fundos do estabelecimento. O defensor foi hábil com as palavras, transformou o morto em réu póstumo, Dedé e o namorado, em justiceiros. O namorado não ficará muito tempo no presídio. Dedé, menor de idade, saiu do reformatório poucos meses depois que entrou, a prestigiada empresária Vitória Ripsaw-Silva fascinou-se pela história da esguia, atlética e curvilínea negra de olhos verdes e olhar de fera na hora do bote. O juiz também se deixou sensibilizar pelo par de íris esmeraldinhas salpicadas de tons e mais ainda pelos cifrões misturados aos argumentos do defensor contratado por Vitória. Liberou Dedé do reformatório em nome da oportunidade de vida oferecida pela custódia da empresária. Amparou a decisão na ausência de antecedentes criminais da jovem assassina, esqueceu a outra ausência, a de resposta para a pergunta acerca das circunstâncias sob as quais a princesa conquistou a condição de atiradora certeira e rápida.

"Linda, inteligente, ambiciosa e pobre, que chance ela teria de não virar prostituta? Prostituta de luxo, é verdade. Ainda assim, prostituta. Que sorte ela teve em ser capturada por mim, você concorda, não concorda? Me dê um ou dois anos para lapidar a fúria, seu olhar de pantera vai decolar de vez nas capas das revistas. Vai me render muito. Depois, no tempo certo, revelo que a bela é uma matadora não só no sentido figurado. Vai ser um frisson no mercado, o valor dos contratos subirá nas alturas". Recordo os comentários de Vitória enquanto sigo o gingado de Dedé subindo os degraus. "O namorado? Não vai atrapalhar a carreira. Quando sair do presídio, arrumo um emprego para ele em outra cidade, faço sumir da existência da garota".

— Pronto, olhe a tal máquina de Vitória. Ela diz que essa caixa com tela vai mudar o mundo no próximo século.

— E vai mesmo, Dedé. A tecnologia que criou esse aparelho é a mais acelerada que existe. Em tempos cada vez mais curtos, processa maior quantidade de informações.

— E daí?

— E daí que você pode usar a imaginação para compreender. Some todos os livros que estão aqui no gabinete com os livros que estão lá embaixo, na biblioteca, tudo o que está contido em todos esses livros pode ser guardado dentro desse computador.

— E daí?

— Num futuro não distante, meio mundo estará interconectado através de telas como essa. Consegue imaginar o que pode acontecer quando meio mundo estiver interconectado, conversando, e o conhecimento acumulado puder ser acessado por todas essas pessoas?

— O quê?

— Sei lá, Dedé, eu não tenho bola de cristal, mas não preciso ser adivinho para saber que o mundo não será mais o mesmo. Como será, eu não sei. Mas que será outro, será. Imagine em relação à política. As notícias e as diferentes versões das notícias vão circular muito mais do que hoje. Todo mundo vai querer dar pitaco a respeito de tudo.

— E daí?

— E daí? E daí? E daí? É só isso o que você sabe dizer?

— Estou brincando, gosto de provocar. Concordo com você e tenho uma surpresa. Duas surpresas. Sabe por que Vitória mandou eu trazer você aqui?

— Para me mostrar o computador?

— Onde estaria a surpresa? Vitória já havia falado que comprou. Sabe quanto custou esse troço? Vitória disse que o mesmo que um carro pequeno.

— Sei, ela me falou. Qual a surpresa que Vitória mandou você mostrar, Dedé?

— Ela disse que os computadores serão comuns no futuro, um em cada casa. E custarão menos. Serão comuns porque serão baratos.

— E vice-versa, serão baratos porque se tornarão comuns, assim é o mercado. Há quem diga que a evolução será tão rápida que em pouco tempo eles caberão dentro dos bolsos. Mas qual é a surpresa que Vitória mandou mostrar?

— Duas surpresas.

— Sim, é verdade, você falou. Duas surpresas. Quais são?

— Caberão nos bolsos, é? Deixarão de ser um caixão como este aqui? E baratos?

— Sim, nos bolsos. A ficção científica diz que numa cabeça de alfinete caberá tudo o que está escrito e desenhado em todos os livros de todas as bibliotecas do mundo e muito mais. E as duas surpresas?

— Três surpresas na verdade.

— Três? Puxa, quais são?

— A primeira é que chegou uma carta para você.

— Você está querendo dizer que tem uma carta para mim no computador de Vitória, é isso?

— Hum, hum, isso. Como você é igual a todo mundo e ainda não tem computador, a carta veio para Vitória, que é ricaça, e louca, por isso eu, Talita, Carol, Isabela e as outras estamos aqui. A carta foi escrita em Chicago. Adivinhe por quem? Está com saudade delas? É incrível essa tal de internet que vai mudar o mundo, não é?

— Estou com saudade, sim, Dedé. Pode me mostrar a carta?

— Claro, por isso eu trouxe você aqui.

— Certo, que bom. E então?

— Quer que eu mostre?

— Sim, por favor?

— Você mesmo poderia acessar o computador.

— Sim, poderia, mas não seria correto. Deve haver coisas pessoais de Vitória aí dentro. Ela confiou a tarefa a você.

— Você não precisa olhar as coisas pessoais de Vitória, basta acessar a carta.

— Entendi, a carta já não está entre os demais e-mails recebidos por Vitória. Foi transferida para um diretório à parte. Posso então? Você me dá licença?

— Se você não tem computador em casa, como conhece o jeito da coisa? Estou vendo que conhece.

— Há alguns computadores na universidade.

— E você usa só para assuntos de trabalho? Não mistura trabalho com mensagens pessoais?

— Exato, não misturo.
— Que bonito.
— Olhe, não é nada tão especial assim. Pouca gente tem computador, então há pouca conversa de assuntos pessoais circulando. Posso acessar o diretório onde Vitória guardou a carta?
— Não.
— Não?
— Como você disse, Vitória confiou a mim a tarefa de mostrar a você. É o que vou fazer.
— Certo.
— Com uma condição.
— Condição?
— Eu mostro se, primeiro, você beijar Talita.
— Beijar?
— Na boca. Beije Talita na boca, um beijão demorado e bem chupado. Depois eu mostro a carta.
— É claro que não vou fazer isso. E Talita, para onde foi? Ainda agora estava aqui, atrás de mim.
— Acho que foi ao banheiro. Deve estar se masturbando. Quanto voltar, você beija.
— Dedé, chega de criancice, mostre a carta que Vitória mandou mostrar.
— Você sabe que eu sou perigosa, não sabe? Vitória deve ter contado. Vocês são amigos, bem amigos.
— Dedé, vai me mostrar a carta ou não?
— Depois que você beijar Talita, ela retorna daqui a pouco. Notou como ficou louquinha depois do almoço?
— Vocês duas cheiraram pó, não é?
— Não, não mesmo, pode acreditar. Talita é assim

por natureza. Num momento está pegando fogo, no outro, volta a ser aquela meiguice de sempre, você sabe. Percebi como olha para ela. Quer beijar e vai beijar. Depois eu mostro a carta.

— Dedé, isso não tem graça. Acesse a carta, está bem? Ela existe ou você inventou essa brincadeira sem graça?

— Vou mostrar, quero ser sua amiga. Até hoje nunca havíamos conversado, você só ficava me olhando de longe, admirando a beleza que eu sou. Olhe, quero dizer algo importante, eu não cheirei nada, ouviu? Nada. Eu não cheirei, não cheiro, nunca mais vou cheirar. Ninguém nesta casa cheira. Não pense isso de nós. Não nos interprete mal. Não entenda de jeito errado a alegria das meninas. Vitória me mostrou um futuro, eu quero esse futuro, ouviu?

— Ouvi. Eu ouvi, Dedé.

— Ei, o seu olho ficou um pouco rosado de repente? Deixe eu ver de perto. Ficou, sim. Só este aqui, o outro não ficou, que gozado. Você se emociona apenas com metade do corpo, é? E só um pouquinho? É a primeira vez que conheço alguém assim. Que coisa, tinha que ser um homem para ter emoções numa metade do corpo e na outra, não.

— Dedé, acessa a carta?

— Depois que você beijar Talita.

— Dedé.

— Está bem, pronto, já abro, num segundo. Aqui está, olhe.

— Em inglês?

— Essa é a segunda surpresa. Não foi escrita por Lara nem Inocência. Jewel Lane Marin, foi ela quem escreveu para você. Chocado?

— Surpreso, sim.
— Não leia. Lembra que são três surpresas?
— Qual é a terceira?
— Eu vou ler para você. Espantado?
— É uma surpresa boa, Dedé. Não pensei que você soubesse ler em inglês.
— Eu aprendo rápido. Quando quero, aprendo rápido. E agora, eu quero, depois que conheci Vitória. Ela paga o curso e eu estudo que nem doida. Vou ler, preparado? Traga a cadeira mais para perto, aqui do meu lado. Não olhe para a tela, não fique lendo. Você lê inglês, não lê? Fique olhando para mim. Deixe que eu traduza. Você conhece pessoalmente essa Jewel Lane?
— Não, ela se interessa apenas por Inocência e Lara. Pode ler, Dedé?
— É verdade que Vitória e Jewel Lane foram namoradas?
— Como você sabe disso?
— As meninas comentam. Ninguém tem certeza, é zum-zum que vai de ouvido em ouvido. E então, ela e Vitória foram namoradas?
— Por que não pergunta para Vitória?
— Tem razão. Ela me protege, confia em mim, merece que eu pergunte diretamente em vez de ficar ouvindo fofoca e passando adiante. É isso que você está querendo me dizer?
— Isso, Vitória ficará contente se você se sentir livre e próxima o suficiente para perguntar a ela.
— Sabe o que ela falou outro dia? Disse que eu e um cavalo de corrida somos parecidos. Ela tem um cavalo

campeão, sabia? Disse que eu e o cavalo somos investimentos excitantes. Cavalos e meninas bonitas dão lucros extraordinários e deixam a vida alegre, ela disse.

— Poucas vezes o lucro é extraordinário. Na maioria das apostas, o ganho é pequeno ou, então, o retorno apenas iguala o investimento. Algumas vezes, acontecem prejuízos. Não faz muito tempo que Vitória iniciou suas apostas com meninas, aliás, pensando bem, até faz, ou não? Ela começou aos poucos, esqueci quando precisamente. Já acertou bilhetes premiados três ou quatro vezes, você conhece os nomes, vê nas revistas. No geral, Vitória ganha, mas a sua principal recompensa é viver o risco. O risco, para Vitória, é igual à vida. Vamos à carta?

— Foi ela que falou isso para você? Sobre o risco?

— Foi.

— Dora diz que Vitória é socialista, gosta dos pobres, desde que sejam meninas superlindas, inteligentes e bem soltinhas na vida.

— Dora gosta de implicar com a patroa.

— Mas é verdade. Você conhece as meninas, as atuais e as do passado, todas correspondem ao que Dora falou. Ela diz isso na frente de Vitória, não é só para provocar, é a verdade. Faz muito tempo que Dora e Vitória são amigas?

— Acho que sim. Olhe, as características que você falou, inteligência, beleza, desenvoltura são requisitos para o investimento de Vitória. A origem pobre ela acrescentou porque quis, é uma convicção dela, compreende o que digo?

— Você, Lara e Inocência nunca foram pobres.

— E também nunca fomos um investimento de Vitória, nossa relação é outra.

— Vocês nunca foram propriedades de Vitória.
— Você também não é uma propriedade, Dedé.
— Tem certeza? Quais as minhas alternativas? Olhe, não estou incomodada, adoro Vitória e a minha nova vida, gosto que ela goste de gente bonita. Até de Dora eu gosto, é a única pessoa que me faz obedecer ordens, você viu quando ela se exibia na hora do almoço, como se a minha obediência fosse um troféu.
— Faz parte da sua nova educação, Dedé. Você precisa aprender a disciplina.
— Dora é um sargentão.
— Vamos ler a carta?
— Eu vou ler a carta, você vai escutar.
— Certo. Pode ler?
— Vitória ganha mesmo é com as fábricas de roupas. As meninas são o jogo súper excitante que ela gosta de jogar.
— É mais do que isso. Pense bem, Dedé. Não havia nada que obrigasse Vitória a se envolver com problemas. Ela se envolve porque deseja. Moda e meninas perigosas fazem parte de um mesmo conceito criado por Vitória. Ela ajuda vocês e satisfaz seu próprio ímpeto criativo. Vitória ama a velocidade, e não é das corridas de Fórmula-1 que estou falando.
— Ímpeto criativo. Como você fala bonito.
— Viu como é bom estudar? E então, a carta?
— Você acha que eu sou a atual aposta mais alta de Vitória?
— Não sei, Dedé, pergunte para ela. A carta?
— Ou será Carol? Carol é mais completa, mais equi-

librada, mais louca, mais tudo. Não, não é, eu é que sou. Sou a aposta mais alta de Vitória, tenho certeza. Como Talita está demorando, deve estar bom no banheiro.

— A carta, Dedé?

— Tá, tá bom, vou ler. Você é chato, já ouvi Vitória dizer. Quero contar minha vida e você não quer escutar.

— Quero sim. Outra hora você lê a carta. Vamos sentar lá fora, naquele banco embaixo da figueira, e você conta a sua vida, quero escutar.

— Outra hora eu conto, vou adorar. Agora vou ler a carta, sei que você está ansioso para saber as notícias. Você entendeu por que Vitória mandou eu ler?

— Para você mostrar para mim que está aprendendo inglês e aprende rápido. Ela sabe que você e eu ficaremos felizes. Você, por exibir seu progresso. Eu, por servir de testemunha.

— E eu ficarei feliz por você ficar feliz por eu estar feliz.

— E eu ficarei feliz por você ficar feliz por eu estar feliz por você estar feliz lendo para mim. E assim por diante.

— Vitória é sensível, não é? Ela se emociona com os dois lados do corpo.

— É, ela é especial. Pode ler a carta?

— Ficaremos felizes, nós dois. Lá vai, preste atenção.

— Essa é a nossa canção.

— O quê?

— Foi uma piada. Preste atenção, essa é a nossa canção. Você nem era nascida quando a música fez sucesso, não poderia ter entendido a graça. Quando sentarmos no banco embaixo da figueira e me contar a sua vida, ouviremos a música, combinado?

— Combinado. Vou adorar tudo, contar minha vida, ouvir essa canção antiga que você conhece. Agora, preste atenção, vou ler. Uma pergunta antes. Você tinha receio de mim?

— Por que você matou e esteve presa? Não, Dedé, nunca senti receio. Mas algo mudou, sim. Meia hora antes, você era a garota que matou um homem, agora é a pessoa com quem estou conversando e gostando muito de conhecer melhor.

— Homens nunca falam adorar, falam gostar. Se adoram, dizem que gostam muito. Por que não diz que está adorando conversar comigo? Eu estou adorando conversar com você. Não precisa responder, eu sei a resposta, homens sentem as emoções só com metade do corpo. Agora, preste atenção, vou ler. Stakeholder? O que significa?

— Stakeholder?

— Dê uma olhada rápida na tela. Não leia tudo, só a palavra, é a primeira.

— Stakeholder. Público estratégico? Acho que é isso, público estratégico.

— As pessoas costumam iniciar cartas com prezado ou caro. Ou então olá, como vai? Essa Jewel Lane deve ser mesmo alguém diferente. Será que ela está chamando você de público estratégico em vez de prezado?

— Vamos ver como continua?

— Ei, não olhe para a tela. Fique olhando para mim, para a minha orelha. Eu traduzo. Se precisar de ajuda, peço. Público estratégico, os amigos e os inimigos, o mundo inteiro. É isso? Dê uma olhada rápida e confirme.

— Público estratégico, os amigos e os inimigos, o mundo inteiro.

— Os inimigos me deixam mais confortável. É isso? Confira sem olhar o resto.

— Os inimigos me deixam mais confortável. Está certa a sua tradução.

— Os inimigos me deixam mais confortável. A escolha das ações fica mais simples, consome menos energia vital, basta analisar, analisar o quê? Não olhe, me dê um tempo. Analisar, analisar, acho que é isso, basta analisar a equação entre custos e benefícios das alternativas disponíveis para derrotá-los. Puxa, está difícil.

— Você está adorando traduzir?

— Estou, um monte. É um texto muito diferente das apostilas do curso.

— É um bom curso, você está se saindo bem.

— Ei, não olhe para a tela. Vire-se para cá.

— Estou olhando a sua orelha.

— Derrotar não é o mesmo que destruir. A vida se tornaria complicada em demasia sem inimigos. Amigos são desconfortáveis. É isso mesmo o que ela escreveu? Não leia, continue olhando para a minha orelha. Primeiro vou ler em silêncio para entender melhor o contexto, como recomenda minha professora, antes de traduzir linha por linha. Hum, patati, patatá. Acho que deu, vou continuar. Está olhando para a minha orelha? Amigos são desconfortáveis, exigem que você deixe de ser você para ser amigo, amizade não combina com a única virtude que entusiasma, a virtude da única verdade que posso saber verdadeira, o meu desejo. Me dê mais um tempo, só um pouco, tatatá. O prazer mais alto é subjugar o inimigo. Morto, para que serve o inimigo? O mundo se reduziria ao terrível deserto da entediante vida com os amigos. Você acha que Lara e Inocência estão em segurança na casa de Jewel em Chicago?

— Não tenho certeza. Terminou o parágrafo?

— Falta um pedaço grande, está vendo? O único amigo prazeroso é o inimigo vencido que se tornou dependente bioquímico da humilhação. É esquisita essa Jewel, não é? Os outros amigos são comodidade, segurança, estabilidade, mentira, tédio. Os humanos são incapazes de amar como os cães aos seus tutores. Mas são capazes de odiar como nenhum outro animal. A energia mais, mais o quê? Não olhe, eu resolvo a dificuldade. A energia mais vertiginosa é se alimentar do ódio alheio convertido em amor à verdade mais primária, a verdade que só é admitida depois de arrebentada a armadura das belas mentiras. Um minuto. Só mais um pouco, tatatá. O que dizem estar no lugar mais baixo é, ao contrário, o cume do ser humano, a vontade de potência. Amigos são inimigos, cúmplices no pacto pela mediocridade. O amor verdadeiro só pode ser encontrado entre os inimigos. Corromper é amar. Ei, não leia, você estava olhando a tela, eu vi. Minha orelha, obedeça o trato. Estou com um olho na tela e outro em você. Tolos dizem que a fórmula mais forte da corrupção é somar dinheiro, poder e prazer. Eles pensam que suas palavras são denúncia, tolos demais para conceber que estão, à sua maneira, a reverenciar o cântico elevado. Acima deste, um cântico ainda mais alto. Dinheiro, poder e prazer são veículos para a força que está acima. Amar

é corromper. O mundo inteiro, os inimigos e os amigos, público estratégico.
— Acho que você pegou o jeito, Dedé. A tradução está fluindo.
— Acho que sim. Vou continuar. Olho na minha orelha, estou vigiando você. Então, tatatá, um pouco de leitura silenciosa primeiro. Hum. Amo corromper as suas duas amadas. Elas amam as vergonhas que eu as faço viver. O que Jewel apronta para as duas?
— Continue a leitura, Dedé.
— Tudo bem. Elas amam as vergonhas que eu as faço viver. Vocês três se amam desde crianças. É verdade?
— Sim. O que ela escreveu depois?
— Continuariam até hoje casados se não houvessem inventado o seu jeito livre de ser? Vocês não têm sombras internas. O lar interno de seus espíritos está iluminado pela, pela? Só um pouquinho. O lar interno de seus espíritos está iluminado pela vastidão cósmica da ausência do hábito poluidor de esconder as verdades de si mesmos. É bonito isso, talvez essa mulher não seja tão louca quanto parece.
— Inocência e Lara gostam da Jewel.
— Você não sente ciúme? Não precisa responder. Me dê um minuto, só um minutinho. Pronto. Eu me senti atraída a distância, quando repetidas vezes ouvi falar sobre os três, num tempo em que vocês no máximo estariam informados sobre minha existência por algum comentário genérico. Eu os observava. Desejava. O meu poder sentia a falta daquilo que, para vocês, é o tesouro de todos os dias. Há três anos, providenciei para que Lara, como um presente, fosse conduzida até Veneza e entregue para mim no ca-

lor do verão que, só um pouquinho. No calor do verão que predispõe os sentidos à entrega. Eu a corrompi. Corrompi? A comédia e a farsa que escrevi sobre amigos e inimigos, elas se aplicam ao interior sem sombras de vocês três? Eu me apaixonei por sua amada, uma criança para mim. Mas apaixonar-se não é intransitivo? Não entendi o que ela quer dizer. Será que eu traduzi certo? Dê uma olhadinha.

— Traduziu, sim, Dedé. Mas apaixonar-se não é intransitivo?

— O que ela está querendo dizer?

— Acho que ela está perguntando se é mesmo verdade que nos apaixonamos por alguém.

— Pergunta boba, é óbvio que sim. Eu nunca me apaixonei de verdade, mas sei que um dia vou.

— Continua lendo? Vou voltar para a sua orelha.

— Transitivo? Intransitivo? Não é outra farsa problematizar isso? O mistério mais feliz não está no impossível da resposta? Não entendi de novo. Me explica?

— Podemos deixar para outro dia, na conversa aquela embaixo da figueira, ouvindo a música?

— Entendi, você quer que eu continue. Depois de Lara, foi a vez de Inocência ser entregue embrulhada num lindo papel de presente para mim. Aconteceu mesmo assim?

— Embrulhada num lindo papel? É jeito de falar.

— Mas dada como um presente, ela foi?

— Sim. E gostou, sabe?

— Acho que vocês três e a Jewel Lane gostam é de putaria. Posso dizer uma coisa? Posso? Eu gosto mais da Inocência do que da Lara.

— Não simpatiza com a Lara, Dedé? Mas por quê?

— Ela tem nariz empinado, se acha o máximo.
— Por que diz isso? Vocês mal se conhecem. Chegaram a conversar alguma vez?
— Não.
— Por que diz isso então?
— Dá para perceber quando uma pessoa é convencida mesmo antes de conversar. Perdoe meu comentário, está bem? Sei que você tem adoração por ela. Acho que me excedi.
— Está perdoada. E a Lara não é convencida.
— Ainda está de pé nossa conversa embaixo da figueira? Sim? Você é um amor. Vou continuar. Corrompi sua outra amada na minha vila campestre em Treviso. Onde fica Treviso?
— Perto de Veneza.
— Por que a Jewel Lane está escrevendo essas coisas sobre Inocência e Lara para você? Tudo isso não é do seu conhecimento?
— Acho que é uma maneira que ela considera estimulante para iniciar a amizade comigo. Nunca estivemos juntos, nunca trocamos cartas.
— É? Bom, vamos ver, tatatá. Eu a conduzi em lua de mel nas paisagens inspiradoras do Lago de Garda. É perto de Veneza também?
— Um pouco mais afastado.
— Para o norte? Para o sul? Responda com boa vontade, por favor, já retomo a leitura, prometo.
— Para o norte, na proximidade dos Alpes, é um imenso e espichado lago rodeado por bosques e vertentes.
— Você esteve lá?

— Não, Lara e Inocência me contaram. É um cenário procurado por casais apaixonados.
— A Jewel está querendo provocar você, não é?
— Ah, você notou isso, Dedé?
— Tá, não precisa descarregar a ira em cima de mim. Pegue um avião, vá para Chicago e acerte as contas com a louca da Jewel Lane.
— Pode continuar a leitura, Dedé?
— Inocência já veio desejosa de ser corrompida. Sabemos, você e eu, que não é verdade o que acabo de escrever. As suas duas amadas não foram corrompidas por mim. Vocês se amam desde crianças, você se libertaram, corromperam-se desde cedo, juntos, cada um aos outros dois. Eu me apaixonei por Inocência. Você sabe que isso é mentira. Você sabe que isso é verdade. Às vezes eu subtraio Lara e Inocência por algumas semanas de sua vida. Só mais um minutinhos, tudo bem? Enquanto leio em silêncio, me diga, vai fazer o que amanhã?
— Não sei, não pensei. Por que pergunta, Dedé?
— Por nada, perguntei por perguntar. Só mais um minuto. Quer ir ao cinema comigo?
— Qual filme?
— O que você quiser. Pronto, vou continuar com a louca. Algumas semanas, um tempo curto como a luz de um dia de inverno em Chicago, curto demais para o meu desejo. Longo para você, longe de suas amadas. Você saboreia à semelhança de um cálice de vinho transcendental esse bom sofrimento. A ausência intensifica a percepção da presença que dissolve distâncias. Você habita um templo invisível de lembranças e expectativas pelo próximo

regresso, um templo com paredes mais sólidas do que igrejas, sinagogas, mesquitas. Me dê uma pausa, só um minutinho. De Inocência e Lara, você é o mais profundo amor. Na ausência de ambas, você tem a chance de ser apenas o objeto de mulheres que se mantêm distantes mesmo na proximidade. Você ama o amor, quer Inocência e Lara junto de si. Afeiçoa-se também à superficialidade que os tolos chamam de fútil. Você ama flutuar do amor de Lara e Inocência até a outra ponta do prazer de afetos passageiros. Na ausência de Inocência e Lara, tem mais tempo para ser o brinquedo infantil e fútil de mulheres mais velhas, parecidas comigo, poderosas. Você ama essa flutuação, e o lar interno de seus pensamentos está liberto das sombras de verdades que viram monstros e insistem em escapar dos porões onde os tolos tentam trancá-las. Eu quero, agora, que venha até mim. Ai, que incrível, você vai? E o cinema que marcamos para amanhã?

— Pode continuar lendo, Dedé?

— Duvido que esteja surpreso. Você sempre soube que o seu dia chegaria. Soube ou desejou. Desejou e, por isso, soube. Suas meninas estão de regresso para o verão brasileiro. E você virá para as margens dos Grandes Lagos congelados. Eu quero corromper o homem amado pelas duas meninas que amo. Oi, Talita, estava bom no banheiro?

— Hum, hum. O que estão fazendo?

— Estou traduzindo a carta que Vitória me mandou ler para ele. Nem imagina o que você já perdeu. Parei aqui. Corromper? Amar? Acreditou que era de liberdades sexuais que eu estava a escrever? Eu corrompi, sim, Lara, há três anos. Feliz e putinha ela era, quase perfeita, adorável como só ela e Inocência poderiam ser no deserto do mundo, mas sua amada estava travada, sentia necessidade de ser fiel a medíocres ideais de solidariedade, compaixão, igualdade, abstrata fraternidade. Eu a corrompi. Eu a libertei com meu dinheiro.

— Quem escreveu a carta?

— Jewel Lane Marin, amiga bem, bem, bem especial de Vitória, mora em Chicago. Não fique interrompendo, ok, Talita? Vale para a humanidade inteira o que vale para o indivíduo. Não será com mentiras socialistas, cristãs e tédios similares que o mundo virá a ser a grande casa sem as sombras ameaçadoras de desejos inutilmente varridos para debaixo do tapete. Será com a sedução da beleza e a verdade do prazer. Ou será com essa sedução, ou jamais será.

— É aquela que é banqueira?

— Essa mesma, Talita. Ela financia Vitória. O egoísmo jamais será aniquilado pelo sentimento de culpa. Esmague o egoísmo do indivíduo, o que resta? Um doente com dificuldade para amar, mas muito capaz de se vingar com a calúnia, todos os dias, de todos os outros miseráveis que o domesticaram e foram domesticados com as mentiras da submissão. O egoísmo não pode ser aniquilado, ele é o prolongamento humano do mais básico instinto que leva cada animal a cuidar de si. Mas pode ser achatado e, esmagado, virar monstro no subterrâneo para onde foi empurrado e, de lá, voltar infernal.

— Vocês querem que eu vá pegar uma cerveja?

— Você não bebe, Talita. O egoísmo só pode ser superado pelo orgasmo libertador, pela euforia amorosa, pelo êxtase.

— Eu bebo, sim.
— Não bebe, crianças não bebem. E tire os seus pezinhos de cima da mesa. É possível aceitar, aceitar de verdade, amar um deus que não seja dançarino? O egoísmo só pode transformar-se em amor na liberdade de, liberdade de, o quê? Dê uma olhada.
— Na liberdade de poder tornar-se aquilo que se é.
— Não entendi, me explica?
— Podemos deixar para a conversa embaixo da figueira? Termina a leitura?
— Vou buscar uma cerveja.
— Talita, não encha o saco, fique quieta. O egoísmo só pode transformar-se em amor na liberdade de poder tornar-se aquilo que se é. Eu corrompi Lara? Fui eu quem a libertou de tolices socialistas, cristãs, igualitárias? Duvido. Eu lhe dei passagem a vivências que se abrem no cântico do poder, do dinheiro e do prazer, mas, desde antes, bem antes de me conhecer, Lara não sonhava com essas vivências junto com você e Inocência?
— O que ela fez com a Lara?
— Talita, caladinha, ok? Quando Inocência veio, ela ansiava por aventuras semelhantes às vergonhas que eu fiz Lara gozar.
— O que ela fez? Eu quero saber, pô.
— Caladinha. Eu também não sei. Depois ele conta para nós. Inocência veio predisposta, estava contaminada pelas narrativas de Lara sobre o que lhe aconteceu em Treviso e depois. Agora você virá à minha casa na beira do lago.
— O que é Treviso?

— Um lugar na Itália. Agora você virá à minha casa na beira do lago. Chicago é fria. Amo o gelo. Você já acariciou o gelo? Acariciou com atenção? Ei, o que é isso? Olhe o final. Isso não é inglês, não sei ler. Alemão?

Que tumulto, é impressão minha ou todos esses repórteres estão excitados? Há um boato de que as meninas se exibirão em floridos biquínis de lycra transparente, deve ser isso que aumenta o volume das vozes, solta os risos, acelera a expectativa pela entrevista, isso e os drinques. Vitória não é temerária a esse ponto. Insuflar o boato, insuflou, acredito. Realizar o insinuado, duvido. Talita e Carlinha, quase nuas diante dos flashes? E quando perguntassem as idades? Vitória não é louca, é empreendedora que ama a supervelocidade e romper barreiras, há uma mínima e mesmo assim grandiosa diferença entre X e Y. A loucura fervente de Vitória tem a frieza do cálculo. Sim, eu prestei atenção, o contato do gelo faz o sangue circular e esquentar sob a pele resfriada.

Alemão. Por que o final em alemão? Dedé interrogou frustrada quando viu o tapete mágico da investidura da tradução lhe ser puxado de baixo dos pés. Talita repetiu a pergunta, decepcionada pelo que ficou sem saber. Foi por isso mesmo, em alemão, meninas, para que ficássemos sem saber.

Para que ficássemos sem saber até que ela, Schelling, que adentra resplandecente pelo portal magnífico da magnífica sala, nos traduza — em troca de algum favor. A sócia designer, como Vitória gosta de a ela se referir carinhosamente. Vou à artista dos traços e das cores, atravesso esse povo e seus drinques e alarido. Com licença. Perdoe-me o esbarrão, senhor. Com licença. Não, obrigado, por enquanto não, gentil garçom. Olá, boa tarde, Magda Schelling, parabéns e felicidade pelo dia especial. Preciso de um favor, sua amiga Jewel mandou-me uma mensagem cifrada, um jogo, uma farsa sincera, uma piada. Não conheço o idioma final. Você, sim.

— Estou com vontade de aprender mandarim, eu já havia lhe contado? Não acha uma beleza essa duplicidade de casa e estúdio? O jeito rápido como o lar se converte em sala de imprensa? Eu que redesenhei a planta. Eu sei, já lhe contei várias vezes. De noite, depois que acabar a confusão, eu traduzo a mensagem de Jewel, está bem? Dedé se saiu bem com o inglês, foi? Que estudiosa. Onde ela está? Ainda se aprontando lá em cima? Talita, oi, aqui, venha cá. Me dê um beijo. Que linda você está. Gostou do livro que lhe mandei? É? Acho que você tem razão. Vou lhe dar um do Leminski para você comparar. Juliana, oi, Juli, aqui, venha. Está cada vez mais linda.

Lá está Dedé, no alto da escada. No dia em que conversarmos embaixo da figueira, vou lhe explicar quem foi o estranho negro albino Ademir da Guia. Vou mostrar o poema de João Cabral, dizer que ela desce os degraus com a precisão ondulante e o mesmo entorpecente hipnótico, extraído da água doente dos alagados, que o divino Guia infiltrava nos adversários, anestesiando-lhes com a cadência e a falsa lentidão de passos e passes certeiros. Não sei se Dedé gosta de futebol, mas a parte do veneno ela entenderá. Talvez eu nada fale, pareceria uma cantada cheia de voltas, sem a precisão do divino. A jovem negra de olhos verdes provoca uma onda de pescoços torcidos. Ela compreendeu à excelência a lição de Vitória sobre a exata medida do decote generoso o suficiente para espalhar alegria pelo mundo, comedido o bastante para atiçar a imaginação a enxergar o que permanece oculto. "Ela é um tesão, não é?", cochicha Magda em meu ouvido enquanto me apalpa a bunda. Os jornalistas cercaram Dedé assim que ela pousou no andar de baixo. Desconhecem que a mulher entrevistada é a mesma e diária criança birrenta que considera imprescindível não estender a cama, não levar a roupa suja à lavanderia, não ajudar na cozinha, nada responder com solicitude, jamais prestar contas de seus atos, mas cuida para que crianças menores abstenham-se de bebidas impróprias e evitem colocar seus lindos pezinhos sobre as mesas. "Dedé, aqui, Dé, venha me dar um beijo", Magda aprecia estar rodeada pelas lindas, sorte que atrás de mim está a parede e, suponho, ninguém vê que sua mão deslizou sob minha calça, por dentro da cueca, e seus dedos dispensam perguntar se lhes dou licença para se movimentarem assim na adjacência do meu recôncavo íntimo. Obrigado, senhor garçom, sim, aceito vinho. Tinto, por favor. "Carol, Carolzinha, aqui". O semblante de Dedé desfaz a confiança radiante do minuto que passou, a rival ruiva de lábios de polpa talvez seja mais completa, mais equilibrada, mais louca, mais tudo, a aposta mais alta de Vitória.

    Agora é a rainha empresária quem cintila no alto da escada. A pausa reparadora da sesta sempre lhe faz bem e os flashes acentuam-lhe a desiniba majestade. Vitória escolheu Carlinha para descer flanando ao seu lado, de braço dado. A singeleza da criança destaca o poder da dona da casa e da grife. Noto os lábios apertados e a insegurança azeda que se apresentaram no rosto de Talita, aqui do meu lado. Magda, que tudo vê, de tudo acha graça, tudo consola, afaga a cabeça da ciumenta e me lança uma piscadinha e me belisca ali embaixo.

"Arrogance, pode explicar a escolha do nome?", ou o repórter é desinformado de tão novo ou está encenando um teatro porque pergunta e resposta são boas e Vitória e Magda amam cada oportunidade para expor uma vez mais o mito fundador da grife. "A ideia nasceu de um sonho. Vi uma menina indígena posando para os flashes de um jeito arrasadoramente confiante, dona do mundo. Era um modo tão superior de ignorar e dominar os fotógrafos, de uma agressividade tão encantadora, que aquilo só poderia existir num sonho". Na última vez que ouvi Vitória contar, a menina era tupinambá, talvez hoje vire caiapó ou terena. "Seu olhar atravessava os mortais, eles não existiam, nem as explosões dos flashes iguais aos fogos de artifícios na noite de primeiro de janeiro. Seu olhar encontrava deuses visíveis apenas para ela e, mesmo estes, deviam estar transpassados feito nadas pelas linhas de luz que as íris disparavam para o infinito. Seus lábios permaneciam imóveis, mas eu a escutava cantar em maravilhoso e incompreensível aruá. Os fonemas estranhos eram entremeados pela melodia francesa da palavra arrogance, arrogaannnce, arroganceeeee. Bom, você pode perguntar se eu sonhei de verdade ou inventei a história, não é mesmo? A menina indígena vestia-se com a graça cotidiana da garota carioca que desfila com seu shortinho de cintura baixa na sorveteria do Leblon ou na via torta que sobe a favela. Fiquei fascinada pelo colar de sementes amazônicas balançante sobre a camiseta regata e rosa estampada com a silhueta andrógina e viril de Robert Plant. Era linda, linda aquela menina que resplandeceu no meu sonho, rosa na camiseta, azul e desbotada e clássica no jeans do shortinho, ocre na pele do ventre entre a camiseta e o curto jeans. Foi linda demais aquela menina, você pode acreditar. Acordei e na hora mesma, três da madrugada, telefonei para Schelling, eu queria iniciar a grife já naquele instante, era urgente como correr encosta acima para não perder o espetáculo do vulcão que explode. Você pode preferir acreditar que Schelling e eu marcamos um almoço de negócios na Vila Madalena e, entre uma degustação e outra, nós duas sonhamos a menina. O sonho inventado é menos sonhado que o sonho acontecido quando estamos virados para o lado de lá da consciência? O certo, o absolutamente certo, é que a desenhista dos primeiros figurinos e diretora de criação dos atuais precisava ser minha amiga Schelling. É preciso amar com paixão as mulheres para conceber as combinações de simetrias e assimetrias que só ela cria nos cortes. Quem mais faria a releitura imediata da febre grunge que assalta o planeta para afinar com libido tropical os excessos das calças, casacos e botas de Seattle? Ou revisitar as sandálias da década passada e ir fundo na mistura de matizes da pele com plásticos translúcidos? Ninguém se

iguala a Schelling quando se trata de brincar com listas, bordados e acessórios lançados sobre o suporte inquieto de corpos movidos a hormônios que pedem o júbilo do olhar alheio. Eu sou apenas a empresária. Conduzi a tradicional fábrica de roupas, que herdei de papai, para o novo conceito. Dou alguns palpites na arte. Ah, mas você perguntou foi sobre a escolha do nome, Arrogance".
Em francês, porque é bonito, existe razão melhor? Magda nunca perde oportunidade de responder com outra pergunta. A metade ocidental do mundo compreende de imediato a mensagem, acrescenta Vitória. A poeta Adèle Deneuve, minha amiga, escreveu, nas *Épées de coton*, que arrogance deveria ser incluída entre as palavras sinônimas de flerte, prossegue Magda. Ela e Vitória gostam de falar em jogral. Os franceses são mestres na compreensão profunda da frivolidade, vocês concordam, não concordam? Os jornalistas não precisam saber que o jogral é treinado, Vitória e Magda divertem-se em sondar nas faces se percebem que elas imitam o jeito intercalado de falar dos sobrinhos-netos do Tio Patinhas, Huguinho, Zezinho e Luisinho. Não seria feliz viver a vida num mundo sem opressões e dedicado às gags e artes do frufru? E se debate eletrizante em horário de grande audiência da tevê fosse acerca das dobraduras do origami, se elas devem ser concebidas das bordas para o centro ou do centro para as bordas da delicada escultura intencionada? De face circunspecta, Vitória indaga em resposta à pergunta de Magda sobre o frufru. Quem canta e rebola com mais graça, Mick Jagger ou Ney Matogrosso? Vitória prefere o vermelho do boné de Huguinho, Magda tem

por favorito o azul do Luisinho. Imagino que a cartola do Tio Patinhas seria coroa adequada para Jewel Lane. Foi de Schelling, a sócia designer, a ideia de estampar o negrinho perneta Saci Pererê, gorro vermelho, nos traseiros de linho e tons pastéis e pérola das calças primavera-verão, com duas opções e um dilema: comprar a calça com estampa no lado direito do bumbum ou no esquerdo? A perna que Saci não tem é a direita, isso é importante na escolha da sintaxe que a calça fará: identidade ou alteridade em comparação ao perneta, em qual nádega deve estar a pequena estampa do menino travesso pitando o cachimbo? Saci é mesmo um amor, tanto que as meninas japonesas usam a calça primavera-verão até no rigoroso inverno e as jovens russas, libertas do pesadelo cinzento do socialismo, compram tantas calças pastéis com o dilema sobre o lado da bundinha que uma nova unidade fabril será inaugurada na Paraíba. O conflito entre muçulmanos e judeus não é, não pode ser, não deveria ser mais premente que a dúvida sobre o lado onde pôr o Saci, declara Schelling. Carlinha, aliás, está de calça com matiz champanhe puxado para framboesa e dá um giro em frente à mesa florida para mostrar seu perneta de gorro vermelho sobre o saliente gomo esquerdo. Arrogance, porque é coerente que o idioma falado pela menina tupinambá do sonho seja o francês, também porque, segundo a poeta Catherine Exarchopoulos, arrogance é flerte. Os entrevistadores não precisam saber que a história em quadrinhos de Barks favorita de Magda é aquela em que Tio Patinhas conta que ganhou bom dinheiro vendendo areia para os habitantes do Saara e cubos de gelo para os esquimós. Arrogance, porque a melhor imagem para a grife é o rosto da adolescente de cabeça erguida, alguma justificada fúria no olhar, apresentando-se e reivindicando seu lugar no mundo sem pedir desculpas por ter nascido na favela e ser negra, indígena, branca diferente, uma confusão esplêndida de genes e etnias, por contar uma história de vida indigesta para os clichês da cultura do bom-mocismo, declamam seus pessoais versos em jogral, Vitória e Magda.

Guardarei para os meus dias futuros a visão de Magda e Vitória sentadas atrás das flores da mesa coberta pela toalha tecida por rendeira baiana. Guardarei, ainda mais, os semblantes compenetrados, quase devocionais, talvez seja mais verdadeiro eu retirar o quase, os semblantes compenetrados e devocionais de Talita, Dedé, Carol, Carlinha, Fabiana, Dani, as meninas todas, os semblantes em direção às duas mentoras enlouquecidas.

Agora o jogral passa a evocar que Schelling cuida das roupas e acessórios, enquanto Ripsaw-Silva cultiva em estufas as meninas selecionadas por trazerem à flor da pele a atitude desejada, atrevidas, sempre. Arrogance não poderia ser apenas roupa, era preciso criar as fotografias e os comerciais de tevê. O produto vende pouco se a modelo não for branca? Então, que as imagens dessem corpos ao luminoso óbvio concebido por Vitória desde o sonho da ianomâmi que cantou ao mesmo tempo na sua língua e em francês: profusão de meninas de várias cores em cada foto. Nada de repetir a fórmula das propagandas que inserem uma criança negra entre várias brancas para mentir que a democracia racial existe, proclamou Vitória, fincou bandeira, cavou trincheira, assim que voltou de seu sonho sonhado ou inventado. Profusão de meninas nas imagens, flores multiplicadas na várzea depois da chuva de verão, loira-neve vinda de avô embarcado à força em navio negreiro, ruiva filha de japonês, negra de olhos verdes, corpos em tons negro-azul, negro-creme, negro-negro, branco-terra, rosa-branco, azeite de oliva dourado, castanha de caju de olhos amendoados, café com mais leite e menos leite, biscoitos de gergelim e açúcar mascavo. Magda adorou compor cromatismos nas fotos e vídeos costurados com meninas e roupas e viajou às estrelas com a ideia de Vitória — a modelo é a modelo e sua breve e já intensa biografia, modelo deve vir à luz trazendo junto a biografia do lado avesso, estrelar-se assim, por inteiro.

Agora é a vez do vídeo. Pris, de ascendência carajá, descoberta na favela do Morro do Papagaio, em Belo Horizonte, foi a primeira adolescente a dar carne e ossos à indígena aparecida no sonho de Vitória, mais ossos e curvas do que carne. Neste trecho, Magda gosta de comentar que criou a bolsa de juta para que a textura e a cor da alça combinassem com o terra-palha do ombro de Pris, bronzeado de jeito ameno. O trecho seguinte é o meu predileto, quando o foco desce em close aos requebros comedidos da cintura avançando pela Avenida Paulista para mostrar a lindeza do degradê formado, nas costas, pela estreita faixa de pele entre o fim da camiseta e a cinta de tiras entrelaçadas e o cânhamo um pouco mais claro de calça e ancas em gingado encantatório. Outro momento eleito, quando Pris, no portão de entrada ao

Parque do Trianon, puxa para frente o rabo de cavalo dos cabelos escuros e ele cai liso e teso entre as curvas superiores do par de redondos expostos com moderação pelo decote tarjado pela linha de figuras geométricas pouco rígidas, de inspiração marajoara, tons de argila. Qualquer dia, vou convidar Dedé para assistir de novo ao vídeo e lhe explicar que o senhor vestido de branco, sentado no banco entre as duas grandes árvores, ao fundo, é Ademir da Guia, o mesmo que ofereceu a casquinha de sorvete de chocolate para Pris no comercial da coleção de camisetas arrogantes, há sete anos, quando Dedé ainda nem sonhava assaltar armazéns. Daí talvez eu possa passar ao tema da ondulação certeira sem que isso se torne uma cantada com excesso de voltas. Agora é a Pris atual, na tela, acenando e mandando um beijo para nós aqui reunidos, desde a sua Belo Horizonte, para onde voltou e abriu uma franquia das lojas da grife. O marido e os dois filhos mimosos também acenam. Nunca imaginei que Pris ficaria assim gordinha. E afável. A ira antiga queimou forte e a adolescente se evolou na fumaça até degraus acima na muito longa escadaria da jornada que, desejo, lhe há de continuar dadivosa.

 Chega o momento mais aguardado pelas meninas. O segundo vídeo enche a telona com lábios, nucas, ombros, mãos e os muitos detalhes do universo-corpo, e ele inteiro, o corpo: em rodopios, no mínimo tempo suficiente para exibir os conjuntos de calça com blusa, desde as caçulas Talita e Carlinha às já quase estrelas Dedé e Carol. O pré-lançamento nos últimos dias do verão dos comerciais televisivos da próxima linha outono-inverno agita a plateia com as cores e formas concebidas por Schelling e as imagens das meninas atrevidas, um tanto mal-educadas, um bocado fora dos padrões comportamentais elogiados e, por isso mesmo, consumidas com voracidade pelo mercado faminto por novidades que alimentem a sensação de movimento. As meninas que surgem sem cessar vindas de alagados e subúrbios, vindas do asfalto aquecido pelo sol e pela história cotidiana que faz desejos nascerem de desejos desde muito cedo. As meninas vindas do sonho de Ripsaw-Silva situado numa distante, imprecisa, mítica madrugada.

"Eu adoro essa tua bunda bem durinha". Os dedos de Magda estão de novo mergulhados no território que lhes pertence, ela não liga se voltou para junto de mim em outra parte da grande sala e a parede já não está atrás para nos resguardar de olhares curiosos. É apenas uma carícia entre outros fenômenos da espontaneidade espalhados pelo espaço tomado por rodas de conversa que se desmembram com rapidez e se refazem em outras e solicitam drinques. O vozerio se mistura ao samba eletrificado encomendado por Vitória aos amigos do morro para ser a trilha sonora do vídeo e dos comerciais a repetirem-se na tela. Dedé lá está, ao mesmo tempo na tela e no centro do caldo humano em movimento. Carol, idem. O dia terminaria em crepúsculo dourado para ambas não fosse a surpresa de encerramento tecida por Vitória. O desfile sem aviso de Isabela extravasa em giros a alegria de ser o recheio do shortinho e da camiseta regata com faixa frontal de lantejoulas de variados rosas, saudação de despedida ao verão. A mesma alegria faz a jovem de cabelos, pele e olhos cor de areia, e gracioso sinal de nascença no canto direito acima do lábio, subir um degrau e aproximar-se de Carol e Dedé no páreo para tornar-se a nova número um. Vitória estimula a solidariedade entre as garotas. E a competição.

— Amo quando o ciúme deixa os rostinhos sombrios. Você nota o tornado que se forma no olhar? Gosto de observar sem que elas percebam. Carol, uma vez, flagrou que me divertia, vi, em sua expressão, como ficou furiosa por eu estar quase rindo. Desde então, redobro o cuidado, capricho na dissimulação. Quando as testas ficam franzidas pela insegurança, é um fascínio. As emoções da Dedé são extremas. Hoje ela deve ter sentido dor de barriga na performance da Isabela.

— Cuidado, Magda, aí vem ela. Oi, Dedé, venha conversar aqui conosco.

— Vim dar tchau. Hoje vou dormir na casa da minha mãe. Vai ter festa na família para comemorar o pré-lançamento e a grana que ganhei gravando os comerciais. Levo o vídeo, vocês não imaginam como estão agitados porque irão ver antes dos comerciais estarem na tevê. Combinado nosso cinema para amanhã? Você vem me pegar?

— Combinado, Dedé. Venho no meio da tarde, iremos na primeira sessão da noite, pode ser?

— Feito. Posso escolher o filme?

— Claro.

— E a parte final da carta de Jewel Lane? Você traduz

para ele, Magda? Traduz para nós dois? Pode ser agora, antes que eu vá embora?

— Traduzo amanhã, está bem? Também venho à tarde e traduzo antes de vocês irem ao cinema.

— Ah, traduza agora. O pedaço em alemão é curto. Não demora nada. Você traduz?

— Amanhã, Dedé. Aprenda a ter um pouco de paciência. Agora vá para casa, sua mãe deve estar ansiosa querendo estar com você e ver sua lindeza nos comerciais. Vá mostrar para a sua mãe, ela vai se sentir muito, muito feliz.

— Você quer ler só para ele, é isso?

— E se for, hein? Não posso? Mas fique tranquila, vou traduzir para vocês dois juntos, prometo. E parabéns por hoje, soube que você se saiu ótima no inglês. Vá, antes que fique tarde. Dora chamou táxi?

— Chamou.

— Então não deixe o taxista esperando.

— Ele ainda não chegou. Ah, vamos subir lá no escritório de Vitória, o trecho é curto, você traduz rápido. Vamos? Diga que sim, vamos. O motorista vai esperar só um pouquinho.

— Não. E tchau. Isso é outra coisa que você precisa aprender, não deixar os outros esperando.

— Está bem. Mas deixe mesmo para ler amanhã, quero estar junto, promete? Beijos para vocês dois.

É bonito vê-la correndo pelo gramado porque o táxi apareceu e não deixará o motorista esperando. Sonhe com um lugar bom onde você, Carol, Isabela e todas possam viver juntas no topo, e o topo não se desvaneça depois da juventude. Um lugar onde nem toda menina nascida na favela ou no sertão precise ter sido premiada com a rara combinação de inteligência, beleza segundo os padrões da época e ímpeto acima do comum. Até amanhã, querida, feliz encontro com sua família. Você está linda também agora à noite, desse jeito tão simples, de camiseta branca, jeans, tênis e sorriso de alma leve. Estou curioso para saber qual filme escolherá amanhã. Mais curioso por isso do que por saber como continua o jogo tortuoso que Jewel enviou.

— Outro olhar que amo observar é esse seu em momentos como este. É o infinito que você está vendo? Nem vou perguntar no que pensava, sei que não responderá.

— Pensava em como é bonito ver Dedé correr para não deixar o motorista esperando. Estou curioso por saber qual filme ela escolherá amanhã, mais curioso por isso do que com a carta de Jewel. Vamos caminhar até aquele outro portão no jardim de lá, Magda? Quero lhe mostrar uma planta, talvez você saiba o nome. Noite perfumada de lua cheia, não é? Está sentindo os jasmins?

— Só se eu estivesse com o nariz tapado para não sentir, eles gostam de exalar à noite. Vamos lá ver essa sua planta. Parece até que conheço muito de botânica para você achar que sei o nome. Não está curioso com o final da carta, é? Ou finge que não?

— Estou pouco curioso, bem pouco. Há uma curva a partir da qual todos os jogos e farsas que tentam se fazer imprevisíveis tornam-se repetitivos. A vida pode ser mais simples, é melhor quando é mais simples. As surpresas mais felizes são as da simplicidade. Gosto de Jewel. Tenho desejo de me submeter aos seus brinquedos abusivos, mas não chega a ser um frisson. Lara e Inocência adoram Jewel. E você sabe por que ela fica desconcertada por esse amor? Porque Lara e Inocência amam Jewel por muitos motivos, menos aqueles que ela planejou.

— E se a surpresa for que a poderosa Jewel Lane Marin deixou de ser criança com dinheiro e apetites fora de controle, tornou-se adulta e colocará o Fortune Investiment Bank a serviço da construção de um solidário e maravilhoso novo mundo? Você ficaria encantado? E um pouco decepcionado?

— Entendo o que você quer dizer. O pior e também o melhor de Jewel estão na criança sem freios que ela é. Sua mensagem é a esperança para o mundo através do tesão. Um brinquedo perigoso. Eu me decepcionaria, sim, se Jewel abandonasse a aposta de que a lucidez é impossível longe da soltura do prazer. Mas decepcionado não é o termo exato. Descrente. É a melhor definição. Vamos dobrar ali, Magda? Gosto de caminhar pela trilha entre as camélias. É inverossímil a hipótese de Jewel deixar de ser criança, ela não renunciaria a si mesma. Sem criança, sem Jewel. Ela é a criança sem pais e com poder. A maioria pensa que alguém como Dedé é uma pessoa perigosa. O poder de Dedé não conheceu tamanho maior do que o estrago feito por dois tiros de pistola. Poderosa é Jewel, que financia a produção de arsenais de guerra e recebe honrarias.

— Dedé tem um poder maior do que tiros de pistola, você sabe. Eu sei que você sabe. E não é só da sedução que estou falando. Como cresceu rápido esse pessegueiro.

Fui eu quem o plantou, você sabia? Ou talvez seja mesmo só da sedução que estejamos a falar, se pactuarmos que sedução quer dizer bem mais do que um corpaço, andar ondulante e olhar de pantera. De novo, eu sei que você sabe. Não estava agora há pouco olhando para o infinito além do gramado, pedindo em silêncio por uma vida boa para Dedé? Para quem você pedia? Deus? Podemos pactuar que isso é a sedução? Vitória financia a estrada da vida para Dedé. E a banqueira Jewel Lane Marin financia a empresária da moda Vitória Ripsaw-Silva. Jewel é Deus.

— Dedé também é Deus. O universo é o sonho de Deus, e Deus está sonhando que é suas múltiplas criaturas e seus dramas. Ele acorda um pouco na criatura que, por um instante, desperta dentro do sonho. Em seguida, voltam a dormir, Dedé, Jewel e o Criador. Gosto de chamar Deus de ela. Ela, a natureza, está nos sonhando. Olhe, Magda, aquela é a planta.

— Aquela altinha?

— A da espiga. Venha. Aqui, esta planta. Pegue a espiga, veja como é pegajosa.

— Você ficou malicioso agora de noite, é? Quer que eu segure a coisa melada? Quer que eu dê um beijinho na espiga?

— Depois você dá. Sabe o nome?

— Conheço essa planta, vi em ilustrações, não lembro o nome. A espiga é parecida com o estilete da flor de antúrio, mas estilete e espiga têm funções diferentes. Sabe por que conheço um pouco de botânica?

— Você se inspira na natureza para criar linhas, cores e texturas.

— Certo, eu já lhe contei muitas vezes. Acho que estou começando a ficar velha. Caduca. Os excessos da juventude mais cedo ou mais tarde cobram o seu preço.

— O formato do estilete de antúrio é parecido, mas o tecido dessa espiga é pegajoso.

— Leitoso. É Talita quem está nos chamando?

— É, sim, lá na porta. Talita, oi, aqui no jardim, eu e Magda estamos aqui.

— É um bálsamo para o espírito já cansado de batalhas admirar essa menina vir correndo assim feito corça livre, leve e solta pelo gramado. Ela é Deus?

— Ela é Deus.

— Adoro o jeito meigo de Deus.

— Qual a idade da Talita, Magda?

— Doze, treze, eu acho. Por que pergunta?

— Por perguntar.

— Você ficou com vergonha naquela noite?

— Fiquei.

— Com vergonha de Deus? Você é verdadeiro filho de Adão e Eva, que só sentiram vergonha de sua nudez depois de comerem o fruto da árvore errada.

— Oi, Talita, por que estava nos chamando?

— Vitória me mandou localizar vocês. Vou de volta contar. Ela quer vir para junto de vocês.

— Vitória continua conversando com os jornalistas?

— Estão no maior bate-papo. Ainda tem um monte em torno dela. Vou voltar, a festa está boa. Tem um fotógrafo a fim de mim.

— Pela zoeira que escuto, deve estar boa mesmo. Diga para Vitória que vamos esperar por ela no orquidário, está bem? Sobre o que Vitória e os jornalistas estão conversando?

— Não sei, Magda, eu estava dançando. Ah, mas sabe do que eles falavam antes? Do navio da Libéria.

— Que navio?

— Um navio que hoje de manhã eu e Vitória observamos navegando em direção ao cais, Magda. O que Vitória falou sobre o navio para os jornalistas, Talita?

— Ela disse que a Arrogance é bonita, exuberante e apodrecida que nem a história do mundo a bordo daquele e de todos os navios. Não entendi o que ela quis dizer. Estavam rindo, acho que beberam demais. Agora eu vou.

— Espere um pouco. Você bebeu também?

— Só um pouco, Magda, champanhe. Quando Dora não estava olhando. Carol passou do limite e Dora deu uma enquadrada nela.

— O que Carol fez?

— Dançou quase nua. Os caras babaram. Aproveitei que Dora estava ocupada e peguei o champanhe.

— Talita, pode ir, mas não faça nada que, para fazer, precise se esconder de Dora. Você só tem a ganhar sendo uma boa menina, está certo?

— Tudo bem, tia Magda. Tchau.

— Não esqueça de avisar Vitória que esperamos por ela no orquidário.

— Pode deixar, não esqueço, não estou bêbada. Tchauzinho.

— Ué, o que aconteceu? Estava toda ansiosa para voltar para a festa, deu tchau e continuou plantada aí, me olhando.

— Posso fazer uma pergunta?
— Imagino que seja uma pergunta bem especial para tanta solenidade. Fiquei até com medo. O que é?
— Eles conversavam também sobre aquela mulher banqueira Jewel Lane. Falavam do Fortune não sei o quê.
— Fortune Investiment Bank.
— Esse aí. O banco empresta dinheiro para Vitória abrir as fábricas.
— O lucro é grande, todos ganham, Vitória, Jewel, os acionistas, os empregados das fábricas e as lindas modelos. E a pergunta?
— E verdade que você, Vitória e Jewel foram namoradas?
— É verdade, nós três fomos namoradas.
— Uau, que maravilha. Quando? Ainda são?
— Nos conhecemos quando éramos estudantes residentes em Londres. Namoramos durante um ano, o namoro mais longo da minha vida. Depois, continuamos amigas.
— E hoje, você tem namorada? Namorado? Já foi casada?
— Fui casada, menos de um ano.
— Com homem ou mulher?
— Homem. Hoje, meu namorado é o mundo.
— Uau.
— Agora vá e diga para Vitória onde esperaremos por ela. E comporte-se, Talita, está certo?
— Certo, tia Magda. Adoro você. Acho que depois vou lá no orquidário. Tchau.

Só agora percebo que as pernas finas de Deus são um pouco tortas, quando interrompe a corrida, volta-se e repete, olhando em meus olhos, covinhas formadas nos dois lados do sorriso da malícia, que depois irá nos ver no orquidário. Deus retoma a sua pressa através do gramado, em busca da festa e do fotógrafo que está a lhe paquerar, vestido curto na cor da flor da cerejeira e desenhos by Schelling, como estava escrito no folheto bilíngue que vi jogado sobre alguma mesa. Sim, Deus tem pernas um pouco tortas, quase imperceptível, só hoje enxerguei. Um pequeno defeito? O charme está no que fazemos com as imperfeições, é o que a sócia designer gosta de repetir. A perfeição só existe como molde impossível de ser conquistado e que marca os desvios. O charme ganha lugar a partir do desvio. A perfeição, se fosse possível, seria o Grande Mesmo, o Grande Sempre, o Grande Tédio. A perfeição existe para explodir-se para fora de si e gerar a miríade das imperfeições em movimento de impossível retorno à eternidade imóvel do Grande Molde. Deus é mal-educada? Sua meiguice sem essa pitada de instabilidade não teria a mesma sedução. Estou hipnotizado pela descoberta de que Deus tem as pernas tortas. Lá vai Deus através do gramado, algo em mim se comove com a visão de suas pernas e com a súbita irrupção da frágil criança que foi e ainda é por dentro da adolescente agitada pelos prazeres que a noite promete. Deus tem pernas finas e tortas, talvez fosse cambota quando Ripsaw-Silva descobriu a criança na beira da estada em Goiás, à margem das extensas lavouras que geram riqueza para alguns e miséria para os que nelas trabalham. Descobriu um pouco antes, só um minuto antes que a criança fosse vendida pelo pai e iniciada à prostituição entre os caminhoneiros apreciadores sobremodo de uma indigenazinha quase branca. Ripsaw-Silva a comprou antes. "Depois vou lá nas orquídeas", está bem, sua atrevida, depois você irá nas orquídeas, agora dê seu aceno de despedida aí da porta e adentre de volta para a sua festa. Schelling sempre diz que a natureza é o espírito na fase de consciência obscura e o espírito é a natureza na fase de consciência clara. Seja lá o que a sócia designer de Ripsaw-Silva queira dizer com isso, sei que ela enxerga Deus nas esquinas e nas estradas.

— Ei, retorne para mim, você está de novo tão distante. Olá.

— Hum? Ah, oi, Magda, certo, estou de volta. Vamos até as orquídeas?

— Está com vontade, é? Vamos. Devagar. Conversando, caminhando, peripatéticos embaixo do luar. No que você estava pensando?

— Em você. Estava pensando em você, Schelling. Sempre diz que a natureza é espiritualmente latente, em movimento de lenta subida para tornar-se consciência, história e revelação de Deus a si mesmo. Acho isso tão bonito e me pergunto se consegue estar em paz sabendo que o Fortune Investiment Bank, sócio gigante de sua grife em expansão, é o mesmo banco ancorado, mundo afora, nas fábricas de fuzis, metralhadoras, tanques de guerra, lançadores de mísseis, caças supersônicos.

— Ancorado, boa palavra. Aquele navio da Libéria já deve ter descarregado e agora dorme no cais. Amanhã será abastecido com as cargas da volta. Amanhã ou depois, os marinheiros devem ganhar alguns dias de folga para visitar as casas de diversões noturnas e enfrentar de alma aliviada o confinamento do regresso através do Atlântico. Ancorado, tirando uma soneca no cais. Qual é mesmo o nome do navio?

— Saint Mary. Casco cor de tomate.

— Que tipo de negócios podem existir entre o Brasil e países da África Negra?

— É possível que os navios tragam matérias-primas, talvez fibras vegetais para serem transformadas por você em vestidos, por exemplo. E levem produtos industrializados, panelas, rádios, metralhadoras, coisas assim. E a minha pergunta sobre a sua paz?

— Você conhece aquela velha imagem. A transcendental flor de lótus só irradia suas alvas pétalas acima das águas porque mergulha suas raízes lá embaixo, no lodo putrefato.

— Vamos falar de imagens atuais.

— A velha flor de lótus é atual porque é eterna.

— E a imagem que correu o mundo na semana passada é efêmera, o magro menino africano segurando a bazuca quase maior e mais pesada do que ele. Tão efêmera que o menino talvez já tenha se dissolvido na divina eternidade. Um míssil terá atingido o acampamento rebelde, um pedaço do seu coração lançado aos ares. Caiu no lago. Está a alimentar desde anteontem o lodo putrefato que se transmuta em pétalas transcendentais.

— Acho que a flor de lótus não viceja no lodo de civilizações rudimentares, só na putrefação lacustre de civilizações complexas. Não tenho certeza.

— A bazuca foi colocada nas mãos daquele menino pelo Fortune Investiment Bank, não foi?

— Indiretamente, pode ter sido. Mas você está sendo injusto.

— Estou? Você não vai argumentar com os muitos postos de trabalho oferecidos pela indústria bélica e o orgulho nacional pelo recente ingresso no seleto clube dos países exportadores de veículos blindados lançadores de foguetes, vai?

— Não, você sabe que não. Já conversamos sobre isso, você se recusa a aceitar a realidade. O Fortune Investiment Bank não é a causa das guerras. Jewel apenas aproveita o inevitável para multiplicar a fortuna. Mas você está se fazendo, sabe que é verdade o que digo, só quer me provocar. Por quê? É para encenar oposição e deixar mais gostoso o que vou fazer?

— Gosto de ouvir sua voz profunda, sensual.

— Está bem, então ouça. A indústria bélica é o maior ramo de negócios do mundo. Maior do que o turismo e o comércio de drogas. Não há grande banco que se preze alheio aos lucros devolvidos pelo financiamento da guerra. A carnificina é uma demanda cultural enraizada na loucura congênita do humano. Não tente mudar o foco da conversa com discursinhos sobre a bondade natural que nasceria em cada bebê e seria degenerada pela sociedade. Nem me aplique a bobajada que atribui ao capitalismo a invenção da barbárie. Não existiu muito antes das fábricas o pirata javanês que apertava na prensa a cabeça de indefesos ainda vivos até os miolos saltarem ao mar para atrair e pescar tubarões? Ele foi um refinado gourmet apreciador de sopa e bife de barbatana de tubarão, não acha? O circo sangrento da gloriosa Roma passou longe da mais-valia.

Não era para esquecer ou exaltar juros bancários que os vikings usavam os crânios dos vencidos como taças para se embriagar. Gêngis Khan foi Gêngis Khan oitocentos anos antes do Fundo Monetário Internacional. Aceite a beleza selvagem da energia humana. A nova guerra tecnológica tem sua raiz na velha guerra tribal feita com paus e pedras. Não é somente um sistema doentio que produz indivíduos enfermos. É também uma natureza humana cega que produz sistemas ensandecidos que produzem loucos. O capitalismo é mais forte do que a mentira utópica porque ela se esgota na negação impossível do interesse egoísta em que o capitalismo se enraíza. A demência da guerra só será superada se outra loucura tomar o seu lugar no coração selvagem da humanidade. A selvageria só será sublimada se uma sedução refinada conseguir se tornar um apelo mais forte do que a sedução grosseira da descarga de adrenalina gerada pelo prazer da violência. Somos animais de sangue quente e cérebro que potencializa às alturas os instintos de competição e proteção mútua que se contradizem, misturam e se enredam dentro de todo animal. Escute, enquanto falo, você caminha e tropeça porque olha para as estrelas e não para as lajotas? Concordo que a noite está linda, mas você prestou atenção no que falei?

— No significado das frases, não. Nas modulações de sua voz, sim. Existe uma sala com lareira, pão assado salpicado de temperos, vinho e penumbra aconchegante dentro de você, Magda. Continue, por favor.

— Continuo, mas vou falar bem baixinho. Sente cheiro de maconha? Avistei vultos atrás daquela roseira enquanto você admirava o céu e tropeçava no caminho. As meninas estão abusadas nesta noite. Vamos até lá sem fazer barulho, quero dar um flagrante. Preste atenção, olhe para baixo, não vá pisar em algum graveto. Sem estalos.

— Concordo, mas você tem que ir sussurrando até lá. Fique mais próxima do meu ouvido, de braço dado comigo. Falava sobre o capitalismo, isso eu captei.

— A guerra não depende de Jewel Lane. Existem muitos bancos, irmãzinhas petrolíferas, águias republicanas, democratas fascistas e fascistas comunistas, donos de televisões, rádios e jornais, generais desejosos de cobrir o peito com medalhas, vendedores de pesticidas na forma de maçãs lustrosas, comedores de criancinhas e padres satanistas, ricaços praticantes de estranhos cultos e rituais, você sabe, eu sei que você sabe. Jewel Lane é apenas uma mulher muito poderosa entre homens poderosos. Alguns mais poderosos do que ela, bem mais.

— Você está falando muito baixinho, não estou entendendo. Aproxime sua boca de meu ouvido.

— Ao seu modo, Jewel é uma artista. Uma inusitada artista com dinheiro e poder. Ela não é boba para dispensar os fabulosos lucros com o inevitável da demência que domina o mundo com ou sem a sua ajuda. Ela acumula fortuna com a insanidade e aos poucos transfere os ganhos para o financiamento de outras loucuras. A artista é uma alquimista, transfere a energia de um caminho para outro. Você tropeçou de novo, estava mirando a lua, eu vi. Firmamos um acordo, cumpra-o. Ela ajuda a colocar a bazuca nas mãos do menino arregimentado por loucos de alguma facção e transfere o ganho para expandir a sedução exercida por meninas lindas com histórias de vida tortas. O menino será despedaçado por bala de canhão de qualquer maneira, com ou sem Jewel. Mas a grife das meninas arrogantes não se expandiria com a rapidez com que se alastra se Jewel não emprestasse dinheiro para Vitória. Eu sou contratada para somar estilo à beleza, e Vitória multiplica o dinheiro e devolve o empréstimo acrescido de juros. Jewel pega o lucro e reinveste em alguma loucura diversa e boa em outra parte do mundo. Há método na loucura, você sabe. Jewel investe em várias ilhas de loucura espalhadas pelos continentes. Não inventa as ilhas, ela observa o mundo, reconhece talentos, incentiva loucos saudáveis, investe em seus projetos, exige que lhe retribuam com lucros. Você sabe que Jewel tem pouco amor pela compaixão. Ela diz que compaixão é desejar que o outro pare de sofrer. Jewel prefere um amor mais apaixonado, ela deseja que o outro seja feliz e deseja que o outro deseje que ela seja feliz. Não quer a proximidade de quem precisa se alimentar da compaixão pelo outro para sentir-se bonito. Jewel financia gente alegre que inventa caminhos ao invés de amarrar-se a caridades. Ela gosta de meter-se em confusões em todas as partes do mundo. Investe nos promissores editores gays londrinos que sonham abrir uma sucursal antirreligiosa em Jerusalém e outra antirracista no Texas. Você já ouviu falar em quilombolas? Sim, claro, esqueci, foi você quem me explicou. Hoje ninguém sabe o que são quilombolas, mas, no século 21, brasileiros odiarão outros brasileiros por causa da ascensão quilombola, será um novo início para o tortuoso caminho da paz. Jewel estuda estabelecer uma linha de crédito para quintais quilombolas, dedicados à agricultura orgânica na região mais latifundiária, monocultora e racista do Rio Grande do Sul. Imagina o bafafá que vai acontecer? Sim, eu sei, foi você quem me contou isso há semanas, Lara e Inocência lhe contaram em primeira mão e você contou para mim, lembro, não sou esquecida. Atenção, agora, cuidado onde pisa, silêncio. Você ouviu? Reconheceu a risada? É Carol quem está atrás da roseira. A outra voz é de homem. O fedor é de maconha de má qualidade. Carol ganha bem, deveria comprar erva boa, essa garota é problema. Vamos contornar por aqui, por ali o chão está cheio de gravetos, está na hora de Vitória ordenar uma limpeza no jardim, você vai acabar pisando num graveto e alertando Carol. Certo, tudo bem, continuo sussurrando em seu ouvido. Onde eu estava? Nas ilhas. Então, e o projeto com os criadores de mangás? Acho lindo. Os japoneses estão invadindo o mundo e, com a ajuda de Jewel, deixarão as crianças de todas as idades e sexos embevecidas com desenhos e histórias de meninas queridas, ousadas, nada submissas, valentes, justiceiras, taradinhas, narcisistas, perspicazes e profundas, um pouco fúteis, criativas, inteligentes e estudiosas e aplicadas em suas responsabilidades, cheias de compaixão e amor apaixonado, exibicionistas, ecológicas, solidárias, com espírito de equipe, independentes, vaidosas, uns amores, tudo de bom. Ajudei alguns amigos japoneses na concepção de nova personagem, Cardcaptor Sakura. Será lançada na tevê daqui a algum tempo. Ela é parecida com retratos da Inocência quando menina, você verá. Quer conhecer? Está bem, eu lhe mostro os desenhos amanhã, depois que traduzir o final da carta de Jewel. Sakura será uma nojentinha de tão convencida do encanto que é, inspirada em Inocência, claro. Silêncio agora.

Ouvir beijos a metros de distância é raro. Acontece quando os beijos são chupões, Carol está mesmo animada nesta noite de festa. Lua bonita, acho que a estrela azulada à direita é o planeta Vênus. Curiosa física ondulatória do movimento, a cada passo, alternam-se o perfume das rosas e o cheiro da maconha.

— Olá, Carol, ah, você está nua, é?

— Oi, Magda. Oi, cara. Estão passeando?

— É o seu namorado esse belo rapaz, Carol? Isso, muito bem, vista a cueca, por favor. A calça, a roupa toda.

— É o Douglas, meu amigo. Olhe, Magda, deixe a gente se divertir mais um pouco. Faz de conta que você não viu.

— Carolzinha, o que me preocupa de verdade é essa maconha de péssima qualidade que você e seu amigo fumaram. Sinta o fedor, parece que tem cocô de gato misturado à erva. Já parou para pensar no mal que isso faz para sua saúde e beleza? Você é uma mercadoria valiosa demais para se estragar desse jeito. O melhor é que não exista erva má nem boa em sua vida, erva nenhuma, está certo?

— Tudo bem, titia.

— E pare com essa mania que você e as outras inventaram de me chamar de tia.

— Tudo bem, titia.

— Vou passar para Dora um relatório completo de sua conduta aqui no jardim.

— Não, não, Magda, eu vinha pensando nisso que você falou, juro. Fumar é uma bobagem. Parei hoje, aqui, neste momento, juro. Prometo. Obrigada por querer meu bem. Amo você, titia. Parei com essa bobagem, nunca mais. Obrigada mesmo, do fundo do coração. Posso lhe dar um beijo?

— Quem sabe você se veste primeiro? Seu amigo Douglas já colocou até os tênis e você continua pelada, nem a calcinha vestiu. Mas está bem, me dê um beijo. Isso. E não pense que você me enganou, sei que jurou em vão. Vamos conversar muito a sério amanhã, você, eu, Vitória. Você vai transformar em verdade a falsa promessa que fez. Amanhã conversamos. Boa noite, Douglas, e parabéns por usar preservativo, eu vi. Vocês dois fizeram uma coisa errada. E a outra fizeram certa.

Curiosa física ondulatória do movimento, quando eu, Lara e Inocência éramos da idade petulante onde Carol está, Magda nunca foi assim maternal. Bom, talvez tenha sido de outro modo e eu esqueci, acho que sim. Com certeza, sim, eu lembro. De outro modo ela nos acolheu, pois diversos éramos Inocência, Lara e eu da vida até ontem adversa de Carol. Magda nunca nos chamou de mercadorias. Acredito que seja Vênus a falsa estrela azulada à direita da lua cheia. É bom estar de volta à despreocupação dos passos sobre os gravetos espalhados pelo gramado, eu e minha amiga Schelling de braços dados. Não deve ser de todo mau ser produto comercial de alguém, se este alguém for Magda ou Vitória. Jewel? Não sei. O míssil palestino, de fabricação russa, disparado contra Tel Aviv, tem participação acionária do Fortune Investiment

Bank. A retaliação israelense, em dose quíntupla, contra a faixa de Gaza, também, made in USA and Grumman and Marin Aircraft Engineering Corporation. Aqui, os degraus para as hortênsias. Vitória perguntou se eu as enxergo mais azuis. Como poderiam estar mais azuis no fim do tórrido verão do que na primavera? Vitória tem a sua própria, intransferível, singularíssima percepção do Universo. Ondulatória e prima do desassossego a física dessa garota Carol, não precisou de pretexto para girar o corpo e mostrar-me o lado de trás de sua nudez, enquanto conversava com a titia. Um giro desnecessário, gratuito, gracioso, sem outra finalidade que não a graça de se mostrar. O canto de seu olho esquerdo perscrutou meu olhar para sondar o efeito sobre mim da visão de sua bunda. Gélida e fervente garota Carol, rival da fogosa assassina Dedé, que deve estar entre docinhos e salgadinhos em sua festa familiar e terna na casa da mãe. Terna? Aqui, os degraus para o jardim acima. Boa noite, orquídeas.

— No que está pensando?

— Que você e Vitória têm mania de dizer que eu sei isso e aquilo e que vocês sabem que eu sei. Jewel escreveu o mesmo. Você e Vitória passam informações sobre mim para Jewel, eu sei e sei que vocês sabem que eu sei.

— Mentira, você estava pensando na Carol. Ficou mais chapado pela beleza nua do que ela pela maconha. Você percebe o que aconteceu? Enterneceu-se por Dedé na conversa durante a tarde, tornou-se amigo afetuoso da rebelde, amou o jeito e a força da garota para mudar o destino. E agora, em dois minutos, sem nenhuma profundidade sentimental, Carol tomou o lugar que Dedé ocupou em seu coração. Volúvel coração. Carol nem ao menos lembra do seu nome. Bastou a rápida visão de pentelhos ruivos para eclipsar o espírito de uma tarde inteira? Essa sua fome sem limites pela roda veloz do mundo é muito diferente da paixão que move a matança? Os frutos de sua árvore são lábios, seios, curvas, olhares, bundas. Na árvore de outros, são bazucas e miolos explodidos. Lá embaixo, onde ninguém quer olhar, as raízes de sua árvore não estão amarradas em milhões de laços às raízes da outra árvore? Você tem certeza de que o seu coração é menos selvagem do que a alma do homem-bomba?

— Você está sendo reducionista. E injusta. Estava pensando em Carol, sim. Em Carol, Dedé, em mim, você. Em meu coração cabem muitas moradas. Amanhã vou ao cinema com minha nova amiga Dedé, e seu lugar em meu coração existirá quer eu volte ou não, durante o filme, a desejar olhos, voz e corpo de Carol.

— Achou que fui reducionista e injusta? E suas ironias são o quê? Amplas e justas? Mas, olhe, basta de discutir, está bem? A noite está linda. Não quero você amuado.

— Eu não estou. Amo você, titia. Sim, a noite está linda. E essas orquídeas, hein? Dá vontade de parar o tempo e olhar, olhar, olhar essa extensão de flores sob os caramanchões.

— Você notou que o rapazinho Douglas entrou mudo em cena e saiu calado?

— Notei. Você está querendo me transmitir alguma mensagem com essa observação?

— Ele cumpriu seu papel na trama. Entenda como quiser. Conhece a etimologia da palavra orquídea?

— Não, o que significa a palavra?
— Não digo, pesquise. Vai gostar de descobrir.
— E Talita? Você conhece o significado do nome?
— Sim. É lindo, não é?
— Muito. É muito lindo o significado do nome e mais bonito ainda na menina de pernas finas e tortas que Vitória salvou da estrada. Acredita que só hoje percebi que Talita tem as pernas um pouquinho tortas? Compreende, está vendo que não estou amuado? Amo você, Magda.

Aqui do alto, a vista de jardins em terraços e caminhos entre árvores, gramados, flores, sombras e lampiões faz acreditar que as febres mais abrasadas de Vitória, Magda e Jewel são, afinal, sonhos serenos. Sim, Schelling, você já me contou, algumas vezes, que redesenhou os jardins de Vitória. Inocência, Lara, eu e Vitória lhe ajudamos nos desenhos embaixo da figueira onde conversarei amanhã com Dedé, lembra? Você está se fingindo de caduca e um pouco bêbada, eu sei. Gosta de brincar. Amo nossa amizade. É linda a luminosidade esparramada na copa daquele flamboyant que esconde o lampião, o romântico lampião ao lado do banco de pedra. Daqui, não o avisto sob a copa verde e de intenso vermelho do flamboyant florido, mas, neste instante, estou de novo sentado no banco de pedra, com você, Vitória, Lara, Inocência, olhamos as velhas fotos que você pediu que trouxéssemos. Então, queria fotos de Inocência criança para ajudar seus amigos japoneses na concepção de tinhosa menina de mangás e nada nos disse? E as fotos de Lara? E as minhas? De você, sempre esperamos jardins bonitos. Lá — perto da fonte, está vendo? — caminha Carol de mão dada com seu amigo Douglas. E, do outro lado, diviso a cabeça de Ripsaw-Silva avançando pelo corredor sinuoso entre as plantas que cresceram altas no calor de fevereiro. Ripsaw vem à frente de outras mulheres. Quatro? Cinco? Seis. Não, sete, aquela baixinha fecha a fila. Deus meu, o divertimento de hoje será feito de muitos toques de pétalas.

— Está olhando para o jardim ou de novo para o infinito? Lá vem Vitória, está vendo?

— Aquela baixinha, no fim da fila, ela não esteve aqui outro dia? Lembro de vocês duas conversando no escritório, é a mesma pessoa, estou enganado?

— É Batari Bulan, da Indonésia, mora nos Estados Unidos. Jewel anda comendo a Batari. Ela é um amor e presente da natureza quanto às ligações neurais. Ganhou uma bolsa da Marin Foundation para estudar computação no Rochester Institute of Technology. Jewel emprestou Batari para Vitória. Gosto de conversar com ela, é engraçada, fala o inglês numa entonação estranha.

— O segundo nome é Bulan, isso?

— Bulan.

— Você e Vitória também andam comendo a Batari Bulan?

— Hum, interessado? Pois saiba que a Batari é uma dessas jovens de última geração com ideias antigas, aceita ser um brinquedinho apenas para Jewel. Além disso, é casada. Com um homem. E deseja para logo o primeiro filho. Está aqui profissionalmente.

— Profissionalmente?

— Ela vai deixar superpoderoso o portal da Arrogance. Já ouviu falar em portais? Conhece? Estou falando da estrutura, compreende? Da beleza, cuido eu. Mas, no mapa da profusão de cruzamentos por baixo da beleza, Batari dará o trato eletrônico. Hoje, quase ninguém está ligado no mundo virtual nascente. Mas, em breve, bilhões estarão fissurados e querendo mudar o endereço de suas existências para o novo mundo. Quando isso acontecer, a Arrogance lá estará na posição de desbravadora pioneira que dá boas-vindas aos imigrantes. Lá estará com seus jardins e as meninas-anjos temperadas com pimenta forte.

— Bonito. Você acha então que num futuro próximo acontecerá a colheita maior para Jewel e associados?

— Esse é o cálculo. Os criadores de múltiplas belezas adubados por Jewel se irradiarão pelos jardins do mundo virtual do século 21. Você consegue imaginar a inusitada guerra que se estabelecerá entre os mundos? Eu tento. Intuo que será uma grande guerra da força das delicadezas contra o poder boçal das outras guerras. Frufru deixará de ser exclusividade de gays e mulherzinhas e se converterá em ideal de acolhimento da diversidade humana. Orgulho nacional, modelos familiares monolíticos e outras imposturas serão desmascarados em rede mundial como futilidades assassinas. O desejo de desfrutar a vida posto em telas e conversas através do mundo será a nova arma contra os tanques de guerra. Frufru contra a rotina do trabalho que é o estupro emocional diário. Frufru contra a escola sem imaginação. Frufru contra os temores religiosos. Frufru contra a energia da falta de prazer convertida em prazer compensatório e vingativo da violência nossa de cada dia. Todos os carrascos da felicidade se unirão contra o frufru. Quem vencerá? O frufru, eu digo. Depois que a simples alegria se instala na bioquímica do corpo, o espírito não mais aceita que lhe seja negada a sua verdade mais profunda e mais epidérmica. O sonho de Jewel é multiplicar a confusão. O mundo que se entenda com a disseminação das flores alimentadas com a lava de suas erupções. Eu concordo com Jewel, é impossível compreender o mundo, ele é ao mesmo tempo mais do que seis bilhões de vezes e de pessoas maior do que qualquer um de nós e menos, muito menos, do que seis bilhões de vezes maior. Ele cabe inteiro numa só pessoa, mas uma só pessoa é tantas, um mundo inteiro, que não cabe em si. Mais verdadeiro e belo, e forte, delicado, é escolher as energias que espalhamos por aí. A guerra é mais profunda e mais simples do que dizem os homens analíticos, sérios, sisudos, melancólicos. O que você acha, levo jeito para sacerdotisa?

— A ateia Jewel dedica sua vida e fortuna a Deus?

— Com certeza minha ateia amiga Jewel tem paixão por esta única, absoluta e efêmera vida. Tem paixão pelo jogo da existência breve e amarrotada por tantas tramas. Ela joga com a índole do atacante que ousa chamar para si o ímpeto de romper a defesa adversária e permite que as verdades mais óbvias escapem da masmorra e subam ao telhado para banhar-se ao sol. Na vida feito jogo apaixonado e festa, Jewel serve a Deus sem nele acreditar. Você nem ouviu o que respondi, está só prestando atenção nos passos da Batari. Está assim tão ansioso para deixar ela comer o seu pau? Já ouço as vozes, sossegue, mais um minuto.

— Sabe, Magda, gosto desses dois corredores de caramanchões e orquídeas e do modo como você concebeu o frufru da alternância de lampiões de luz âmbar e cereja. É bem o seu jeito.
— Você comentou isso outras vezes. Está me imitando?
— Estou, é gostoso imitar a pessoa amada. E adoro, hoje Dedé reparou que nunca falo adoro, adoro esse caminho de pedrinhas, nem reto, nem muito sinuoso, até o caramanchão maior, isolado e centralizado ao fundo, dois lampiões lançando âmbar e cereja difusos nas trepadeiras, by Schelling, em português, inglês, esperanto. Vamos caminhando devagar até o último caramanchão? Perguntei alguma vez se você o concebeu localizado no final do corredor à semelhança de um santuário dedicado a santo algum? Acho que sim, e você respondeu sim, sim, acho que sim que você respondeu sim, sim?
— Sim.
— Alguma vez já perguntei se, naquele um ano que foi o tempo maior de namoro em sua vida, você e Vitória eram as mulheres, Jewel, o homem?
— Sim. E entre mim e Vitória não se reproduzia o estilo binário. Com Jewel, sim. Londres era uma cidade fantástica. Continua. De outros modos. Você conhece Bangkok? Eu sei que não e sei que você sabe que eu sei que você sabe que na próxima semana estará lá, com Jewel.

Orquídeas não têm perfume, mas, se hortênsias podem estar mais azuis no fim do verão, por que orquídeas e céu estrelado não podem exalar esse aroma de pão saído do forno vindo da mesa de pedra, dos bancos de pedra sob as trepadeiras à luz âmbar e cereja? Grilos, eles tiram do violino-serrote de seus corpinhos essa música-pulso quente de estrelas no fim do verão, estendem-se até o meio do outono. Essa vergonha me deixa excitado, Talita avisou que virá, isso está errado. Está certo, Deus? Batari Bulan é o ponto de equilíbrio que a Indonésia e uma bolsa de estudos mandaram de presente. Essa vergonha prazerosa confunde o juízo, eu confesso. Ei-las, bem-vindas, estou ansioso, vultos falantes, aproximem-se por este mesmo corredor florido por onde Magda e eu acabamos de chegar ao santuário.

— Olá, meus dois amores, esperaram muito? Já lhe apresento essas mulheres minhas amigas, querido. Gostaram da festa? Desapareceram cedo. Estavam com vontade de ficar a sós, conversando aí pelo jardim, estavam, não estavam?

— Vitória, qual a idade de Talita? Diga a verdade, quero saber.

— Doze. Faz três anos que a recolhi da estrada. Gosto quando você fica assim autoritário, bem macho, me obriga a responder na hora. Amo. Você sempre quer saber além do necessário. Posso lhe apresentar minhas amigas? Posso? Lica, Magda a escolheu para redesenhar as sandálias para o próximo verão. Lica já está escolhida, não está, Magda? Isso, Lica? Essa graça sardenta aqui é Débora, relações-públicas da Maison Satã. Nice, acho que você a assiste no jornal noturno, assiste, não assiste? Flavinha e Giordana, presentes na semana passada, você com certeza não esqueceu. Estela, a nova chef do Paladar Azul. O Paladar Azul, na Oscar Freire, lembra? E essa lindeza, sei que você reparou no outro dia, ela veio tratar de negócios,

Batari, da Indonésia, estudante. Um amor, você logo vê que é um amor. Ela está curiosa. Are you curious, Batari? Do you like this section of the garden? Estela, quer levar algumas mudas de orquídea com você para São Paulo? Hum? É? Acho que um poeta antigo escreveu que o cricri dos grilos parece vir das estrelinhas, escreveu, não escreveu? Estão vendo que beleza é o meu jardim, garotas?

— Cricricricricri, dá uma alegria na gente. Quantas espécies de orquídeas você tem aqui, Vitória?

— Você conhece as espécies? Aquela, cor de chá-da-índia, sabe o nome?

— Ah, Flavinha, quem sabe identificar as espécies é Magda. Eu só mando os jardineiros plantarem o que Magda diz para eu plantar. Mentira, enganei vocês, eu também escolho, sim.

— Não lembro o nome, é uma espécie da Mata Atlântica, gosta de calor e umidade.

— I'm sorry, but could you tell me in English what you said about the orquid?

— Of course, dear. It's a species from the hot and humid Atlantic Forest environment. I don't remember the name.

— Ah, uma noite aconchegante de confraternização com amigas antigas e recentes. Bom, mas nós subimos até aqui não foi só para continuar conversando, foi? Vamos ao combinado? Vamos?

— Vamos, vamos.

— Hum, danadinha, a Débora, hein? Então, meu anjo, faça o que as minhas amigas querem. Tire a roupa, vamos. Tire. Mostre o seu pau bonito para as mulheres. Assim, vai, tire tudo. Vamos, vamos, tirando, tirando. Está muito lento. Encabulado? Vai, mais rapidinho. Atenção, garotas, agora. Não, espere. Deixe que eu abaixe a derradeira peça. Ele gosta de azul, notaram, meninas? É para combinar com a camisa que, por baixo, você também está de azul? Deixe que eu finalizo. Atenção. Devagar. Devagarinho. Eu vou puxando, bem devagarinho. Nice, pare de rir, o momento tem a sua solenidade. Are you anxious, Batari? Puxando, puxando, devagar, bem devagarinho. Prooontoo.

— Ai, que bonito.

— Quero comer esse pau.

— Assanhado, se está duro é porque não tem vergonha. Ou tem?

— Tem. Por isso é que está duro, compreende? Reparem que já está começando a melar. Estão vendo? Adoro o tom rosado da cabeça. Nice, você quer tocar? Segure as bolas, sinta que gostoso.

— Ai, que coisa, bem duras estas bolas.

— Eu gosto do volume e desenho dos pentelhos, nem poucos, nem demasiados.

— Magda, até para esse jardim você fica inventando estéticas?

— Principalmente para esse. O jardim é a síntese da civilização, não lembro quem falou essa preciosidade. É a natureza modificada. Acho uma graça a banana bege e grossa que nasce da relva escura. Você prefere banana-caturra ou banana-prata?

— Eu também quero apalpar as bolas.

— Sirva-se, Lica. Você quer iniciar a degustação? Aprecia paladares melados?

— Humm, quero, sim.
— E ele? Não fala? Está assustado? Não, a banana aponta para a lua, está gostando.
— Ele está absorvido nas sensações do cosmos em torno de si, perdeu a fala. Giordana, venha beijar as mamicas. Está bom aí embaixo, Lica?
— Delícia.
— Com licença, vou aqui para trás, quero ver a bunda. Ui, bem redonda e lisinha, e dura. Débora, venha aqui.
— Giordana tem boca só para uma mamica de cada vez. Vou repartir com você, está bem, Gi?
— Lica, você vai monopolizar o pau? Deixe um pouco para nós.
— Já lhe passo, Nice. Só mais um pouco.
— Batari, come closer and get a better look. The girls will let you eat soon.

Deus chupa divinamente, é gruta sedosa em movimento, meu bastão da alegria viaja para dentro do sem-fundo. Imperativo fechar os olhos. Universo em transe, vejo as estrelas entre as frestas dos cílios e torno a cerrar e mergulhar na escuridão do ninho infinito. É Magda quem me vampiriza, conheço seu jeito de morder a nuca com delicadeza e deslizar os dedos até a zona côncava do meu corpo que tanta atração exerce sobre a centelha estilista de Deus.

— Dora, que ótimo, trouxe o doce? Chegou na hora. É de morango?
— Goiaba. Sente o cheiro bom? Fiz hoje de tarde, com capricho. Está cremoso, a doçura ficou suave, sem exageros. Quer que eu lambuze o pau do seu amigo?

— Por favor, Dora. Deixe bem lambuzado.
— Com licença, moça, esqueci seu nome.
— Lica.
— Com licença, Lica, pode me ceder o pau do rapaz por um instante?
— É todo seu.
— Deixe bem coberto, Dora. Batari, would you like to try the quava pudding?
— Passe nas mamicas também, Dora.
— E aqui atrás, na bunda. Aliás, deixe que eu passo, despeje uma dose na minha mão, por favor, Dora. Obrigada.
— Pronto, Vitória, pauzão coberto pelo meu doce. Permite que eu prove antes de liberá-lo para as suas convidadas?
— Claro, por favor, Dora. Estela, suas risadas são contagiantes, deve estar divertido aí no lado de trás do nosso homem. Batari, are you anxious, my dear? I'll tell the girls to let you jump the line.
— Puxa, eu pensava que Dora não apreciasse um bom pau.
— Você não a conhece, Flavinha, Dora é cheia de surpresas. Por que pensa que ela trabalha comigo? E então, Dora, você aprova seu doce?
— Plenamente, Vitória. O melado natural do pau combinou-se de um modo estimulante com o adocicado de minha pasta de goiaba. Vou deixar as tigelas aqui sobre o banco para as suas convidadas irem repondo a cobertura à medida que sorverem.
— Permaneça conosco, Dora.

— Obrigada, retornarei em seguida. Primeiro, quero preparar a sala para finalizarmos a noite com uma conversa agradável em torno de café acompanhado de excelentes camafeus de Pelotas. Antes, preciso aquietar de vez algumas das meninas. Nem imagina como está terrível a Isabela, ficou eufórica porque você a escolheu para fechar o pré-lançamento e aprontou horrores na festa lá embaixo. Vou e já volto, quero participar da festa aqui em cima.

— Volte logo, meu anjo da guarda.

— Volto, sim. Aconselho dar logo um mimo para a jovem Batari, ela está com vontade, observe seus olhos.

— Até depois, Dora, obrigada pelo doce. Nice, está bom? Hum? Ah, vai repor a cobertura. Amigas, vamos ser gentis com Batari? Vocês sabem, ela tem esse jeitinho oriental delicado, está com vontade, mas não avança se ninguém lhe disser que tem permissão. Nice, você concorda?

— Claro. Venha, Batari, sua vez.

— Go on, dear. Nice is giving you her place. Don't be shy. Dora said it's delicious. She made it herself, you know.

— Aí, Batari, pega, vai.

— Quero ver a princesa em ação.

— Isso, vai.

— There you go.

— Olhe, gente, que bonitos ficam os lábios da Batari.

— Gracinha.

— Dá para notar que ela gosta. E leva jeito para a coisa. O ar retraído engana.

— Is it good, Batari?

— Não fale com ela, Débora, deixe ficar compenetrada no ato.

— Estou molhada só de olhar o vaivém.
— Ela tem jeito mesmo.
— Mas, o que é isso? Já?
— Quanto leite, nossa. Afogou a Batari, tadinha.
— Encharcou a boca da princesa.
— Deixe eu secar seus lábios com a toalha. Que graça você é, Batari. O menino mau não avisou que ia lhe afogar, foi? Está me entendendo?
— Giordana wants to know if you got angry with the naughty boy. Did you? Ela não está conseguindo falar agora, Gi.
— E você, que danado, hein? Por que não avisou? Sabia se ela estava a fim de levar essa bombada? Quanto leite, estava cheio de tensão, é?
— Respondo por ele. Sim, ficou com desejo assim que viu Batari se aproximando. Ficou agitado pela vontade de ter o pau comido por ela, eu percebi. E agora, se me dão licença, é a minha vez, vou aproveitar que continua duro, gosto assim bem melado. Flavinha, pode me alcançar a tigela?
— Claro, Magda, aqui está. Ah, desculpe, esta já foi esvaziada. Esta outra, pronto. Posso aplicar o doce para você?
— Aplique bem lambuzado, querida.
— E você? Não tem vergonha de deixar todas essas mulheres juntas comerem o seu pau? Não tem? Puto.
— Ai, coitado, não seja malvada, Gi, assim você encabula o garoto. Deixe eu dar um beijo.
— Hum, Estela já se apaixonou.
— Pronto, Magda, doce aplicado. Posso provar para ver se está bom antes de passar para você?

Bruxas não têm longos narizes em formato de anzol, as ilustrações dos livros de minha infância foram injustas para essas criaturas adoráveis reveladas pela lua cheia. São charmosas empresárias e profissionais de sucesso, cabelos grisalhos ou tingidos com as cores da segunda natureza pincelada sobre a primeira. Algumas são jovens. A caçula pronuncia o mais estranho e encantatório inglês, timbres de pequenos sinos do Índico, devem conter fórmulas mágicas insinuadas entre os fonemas. Eu a ouço de novo, do lado de lá dos meus olhos fechados. Está recuperada do meu atrevimento de lhe inundar? Batari Bulan, venha, Flavinha é bruxa-mestre no carinho da sucção, mas ela abusou de mim na semana passada, abusará em outras, você estará longe, hoje é o seu jeito estranho do outro lado do mundo que a razão do meu corpo pede. Flavinha tem jeito cadenciado de me engolir, há um balanço de berço em seus lábios. Caldo denso e quente de vozes e risos gira em torno de mim, é bom mergulhar para dentro do escuro dos olhos fechados e sentir e deixar-me ir na ondulação do som. É bom entreabrir as pálpebras e receber a visão difusa de Deus flutuando entre as suas bruxas e as orquídeas, as estrelas e os lampiões âmbar e cereja alternando--se em fileira até o início ou fim do terraço, onde estão os degraus de pedra, de onde emergirá Talita em algum momento. À minha esquerda, Vitória e Batari sussurram confidências que eu tento adivinhar. À direita, Magda repousou a cabeça em meu ombro e descansa as mãos no verso e reverso do meu corpo, o abraço de Deus é beijo no êxtase do espírito. Atrás de mim, Estela e Nice divertem-se com minha bunda, acariciam-me as bolas por trás, sempre me espanta a fluente agilidade que as mulheres irradiam nos movimentos de serpentes de suas línguas. À minha frente, Flavinha prossegue ajoelhada e Giordana afaga-lhe os cabelos e continua a me chamar de puto que não se guarda para o casamento. Débora e Lica estão adiante, dialogam com Gi, acham graça de seus comentários e de muitas coisas, da lua, dos beijos, da mesa de pedra, dos grilos. Débora retorna às mamicas do meu peito sem colinas. Lica acende um cigarro. Os lampiões banham de âmbar e cereja os volteios das plantinhas trepadeiras sobre os caramanchões até a outra ponta do terraço e dos degraus de onde emergirá, maliciosa, Talita, em algum momento. Deus, isto tudo está tão divino, mas há esse ponto de inflexão, essa dobra talvez em direção ao oposto do esplendor. As estrelas, os grilos, as orquídeas, o doce de goiaba feito com capricho por Dora, os sussurros, o riacho das vozes e dos risos não poderiam continuar assim através da noite sem o acréscimo de Talita e sem esta agulha espetada no coração? Ou sou eu que tenho medo dos meus desejos e não me entrego à vivência extrema do sem-fundo do abismo para além dos juízos sobre o certo e o errado?

— Por que você olha para lá? Espera alguém? Talita?
— Quem é Talita?
— Uma de minhas meninas.
— É aquela negra de olhos verdes? Ela é demais, soberba.
— Essa é Dedé. Foi festejar o triunfo da noite na casa da mãe. Talita é a mais novinha, a menor de todas.
— Acho que sei, uma que parece criança. Parece ou ainda é? E tem outra. Duas parecem crianças.

— Carlinha. Talita e Carlinha, as duas benjamins do elenco. Quando chegamos, ele perguntou pela idade de Talita. Lembra?

— E essa Talita, ela virá? Ela virá aqui, Vitória?

— Pergunte ao nosso amigo desnudo o que pensa que acontecerá, o que ele deseja de verdade, se é que ele sabe. Pergunte a ele por que, sendo meu amigo há tempo, não confia em mim. Na semana passada, eu, Magda, Giordana e Flavinha estivemos nos divertindo com meu amigo aqui mesmo e, de repente, percebemos a presença de Talita. Ela viera de mansinho, admirava a cena. Sorriu, deu meia-volta e fugiu. Pergunte ao nosso anjo por que ele duvida de mim e chegou a acreditar que eu pudesse ser cúmplice para a nova travessura de Talita nesta noite. Ela já está na cama. Antes de subir, cuidei para que Dora mandasse Talita, Carlinha e algumas outras para o repouso da noite, elas viveram estímulos demais no dia de hoje. E então, meu amigo anjo, o que me diz? Pensou que eu desconheceria a diferença entre o esplendor de mulheres que se tornam crianças na noite enluarada e a sandice de tratar como mulher uma ainda criança? Deixou-se enganar por meu teatro pela manhã? Por quê? Porque não mereço sua confiança ou porque algo em você desejou apostar numa sandice minha?

Deus, como é magnificente seu olhar crítico e jocoso diante de mim, Vitória. Eu deveria ter me purificado ao vir à sua casa. Deveria ter confiado.

— Você está se sentindo muito nu, está, não está? Vou lhe vestir um pouco, uma camisinha no pau e a venda negra nos olhos.

Quando Vitória enfia-me a língua na boca, sei que devo deixar a minha em quase repouso, passiva à semelhança das mãos e dos braços que mantenho perpendiculares ao corpo. Aprendi sem que jamais ela tenha precisado me dizer. Em silêncio, ela me instruiu e ordenou com os comandos de seu corpo sobre o meu. Nunca vi sua nudez nem a de Magda Schelling. Quando deseja me comer com sua vulva, e não apenas a língua e as mãos, coloca-me a venda negra. Vitória inventa seu domínio, seus brinquedos e sintaxes. A venda negra acentua minha posse. Inocência e Lara nunca viram a nudez de Vitória e Magda, nem a de Jewel. Suponho que Magda e Vitória jamais tenham visto a nudez de Jewel Lane Marin, sei que elas conceberam desde cedo a simbologia de sua pirâmide hierárquica. Ripsaw-Silva está deitada sobre a mesa de pedra, as bruxas me conduzem à beira da mesa, reconheço o jeito de Magda em segurar meu pau e introduzi-lo no sexo de Vitória. Não devo tornar-me ativo nos movimentos, quem os comanda é Vitória, ela e as mulheres que me abraçam e beijam e me balançam com suavidade por trás. Vitória me come devagar, é assim que ela gosta. Aperta e prende meu pau com perícias musculares que aprendeu de jovens tailandesas no tempo de sua vida em Londres, aperta e prende meu pau e o puxa para o fundo do universo oculto, escuro e pleno de luz. "You had the nerve to do that to me? Hmmm? Guess what I'm going to do to pay you back?". Sua voz assim baixinha inundando meu ouvido, Batari Bulan, já se faz a devolução insinuada por você. Posso sentir a topografia do verso de seu corpo grudado no reverso do meu, percebo que você se colocou na ponta dos pés e se esticou ao máximo para que o sussurro de seu estranho inglês alcançasse meu ouvido. Você está nua e esfrega seu corpo delicado no meu, está masturbando o mimo de seu clitóris em minha bunda, você desliza seios pequenos de mamilos duros em minhas costas, está beijando meu ombro com ternura que faz parecer que somos namorados. Amanhã eu lhe perguntarei em qual ilha do grande arquipélago você nasceu, onde seus pais moram e coisas assim da natureza entre amigos. Pedirei que me fale em sua língua materna. E que me conte quando e como se revelou seu talento para a ciência da computação. Gosta de morar em Rochester? O campus não é um tanto sem graça? Eu lhe direi que me encanta o oriental inglês que flui de seus lábios, não, não direi, pareceria uma cantada boba. Amanhã Magda lerá para mim a parte final da carta de Jewel. Lerá? Não sei. Schelling sempre diz que a unidade profunda entre natureza e espírito só pode ser aprendida na intuição estética, por isso ela concebe vestidos e alterna luzes âmbar e cereja nos corredores das orquídeas e caramanchões, talvez me diga que mudou de ideia e lhe parece mais bonito que a própria Jewel traduza para mim. Irei a Chicago encontrar-me com a gema preciosa vinda de um estranho lugar marinho, talvez ela me leve à sua casa em Veneza. Schelling falou que na semana que vem estarei em Bangkok. Por que Bangkok? Não é o seu arquipélago, Batari Bulan. Amanhã irei ao cinema com Dedé, no caminho ela contará sobre o encontro familiar na casa da mãe e eu lhe lerei o poema de João Cabral sobre Ademir da Guia e a hipnose divina que se encarna à água que é o chão das palafitas. Amanhã verei Carol, que sequer lembra do meu nome. Eu lhe direi o nome. E darei boa tarde a Dora, que me chupou. Reencontrarei as meninas um pouco mal-educadas, gentis, adoráveis, arrogantes. Amanhã trocarei palavras e olhares com Talita e a sua malícia será referente apenas à semana passada, e Deus terá pernas tortas e, mesmo que se masturbe na minha frente, será somente uma criança. "Are you going to release the milk again? Inside your queen? Are you?". Vou, Batari, soltarei meu leite de novo, agora, dentro de minha rainha. Não, não agora, prossiga, por favor, em seu balanço aí atrás, deixe o riacho das mulheres fluir mais um pouco em vozes e risos, fale em meu ouvido, empurre-me devagar para dentro de Vitória, que deve estar a sonhar com a profusão de imagens arrogantes que você e Schelling conceberão para casas e jardins eletrônicos que estarão à espera para dar as boas-vindas aos imigrantes no século vindouro.

Meus agradecimentos para Rodrigo Rosp, Julia Dantas, Gustavo Faraon, Samir Machado de Machado, Fernanda Lisbôa e Moema Vilela por suas atenções carinhosas, a Dublinense é uma casa acolhedora.

ESTE LIVRO FOI COMPOSTO EM FONTES ARNO PRO
E LANDMARK E IMPRESSO NA GRÁFICA PALLOTTI,
EM PAPEL LUX CREAM 90G, EM AGOSTO DE 2016.

**LIVRARIA
DUBLINENSE**

A loja oficial da Dublinense,
Não Editora e Terceiro Selo

livraria.dublinense.com.br